Maitre Cornelius

Honoré de Balzac

(Übersetzerin: Katharine Prescott Wormeley)

Writat

Diese Ausgabe erschien im Jahr 2023

ISBN: 9789359256504

Herausgegeben von
Writat
E-Mail: info@writat.com

Inhalt

KAPITEL I.
EINE KIRCHENSZENE DES FÜNFZEHNTEN JAHRHUNDERTS

Im Jahr 1479, am Allerheiligentag , dem Zeitpunkt, an dem diese Geschichte beginnt, endete in der Kathedrale von Tours die Vesper. Der Erzbischof Hélie de Bourdeilles erhob sich von seinem Sitz, um den Gläubigen selbst den Segen zu spenden. Die Predigt war lang gewesen; Während des Gottesdienstes war es dunkel geworden, und in einigen Teilen der vornehmen Kirche (deren Türme noch nicht fertig waren) herrschte tiefste Dunkelheit. Dennoch brannten zahlreiche Kerzen zu Ehren der Heiligen auf den dreieckigen Kerzentabletts, die für solche frommen Opfergaben bestimmt waren, deren Wert und Bedeutung nie ausreichend erklärt werden konnten. Die Lichter auf jedem Altar und alle Kandelaber im Chor brannten. Der Schein dieser Kerzenmassen war unregelmäßig in einem Wald aus Säulen und Arkaden verteilt, die die drei Kirchenschiffe der Kathedrale trugen, und erleuchtete das riesige Gebäude kaum, denn die starken Schatten der Säulen, die zwischen den Galerien projiziert wurden, erzeugten phantastische Formen, die das Licht vergrößerten Dunkelheit, die bereits die Bögen, die Gewölbedecken und die Seitenkapellen in Düsterkeit hüllte, immer düster , selbst zur Mittagszeit.

Die Menge präsentierte Effekte, die nicht weniger malerisch waren. Bestimmte Figuren waren im „Helldunkel" so vage definiert, dass sie wie Phantome wirkten; während andere, die im vollen Schein des zerstreuten Lichts standen, die Aufmerksamkeit auf sich zogen wie die Hauptköpfe auf einem Bild. Manche Statuen wirkten belebt, manche Männer schienen versteinert. Hier und da leuchteten Augen in den Rillen der Säulen, der Boden spiegelte Blicke wider, die Murmeln sprachen, die Gewölbe hallten Seufzer wider, das Gebäude selbst schien mit Leben ausgestattet zu sein.

Die Existenz der Völker kennt keine feierlicheren Szenen, keine majestätischeren Momente. Für die Menschheit in der Masse ist Bewegung nötig, um sie poetisch zu machen; Aber in diesen Stunden des religiösen Nachdenkens, wenn menschliche Reichtümer sich mit himmlischer Größe vereinen, werden in der Stille unglaubliche Erhabenheiten empfunden; Im gebeugten Knie liegt Angst, in den gefalteten Händen Hoffnung. Das Konzert der Gefühle, in dem alle Seelen gen Himmel aufsteigen, bringt ein unerklärliches Phänomen der Spiritualität hervor. Die mystische Erhebung der Gläubigen wirkt auf jeden von ihnen zurück; Die Schwächeren werden zweifellos von den Wellen dieses Ozeans des Glaubens und der Liebe nach oben getragen. Das Gebet, eine elektrische Kraft, zieht unsere Natur über sich hinaus. Diese unfreiwillige Vereinigung aller Willen, die gleichermaßen auf der Erde niedergeworfen und gleichermaßen in den Himmel aufgestiegen sind, enthält zweifellos das Geheimnis der magischen Einflüsse, die von den Gesängen der Priester, den Harmonien der Orgel, den Düften und dem Pomp der Priester ausgeübt werden Altar, die Stimmen der Menge und ihre stillen Betrachtungen. Folglich brauchen wir uns nicht zu wundern, wenn wir im Mittelalter so viele zärtliche Leidenschaften sehen, die nach langen Ekstasen in den Kirchen ihren Anfang nahmen – Leidenschaften, die oft in geringer Heiligkeit endeten und für die, wie üblich, die Frauen Buße leisteten. Religiöses Gefühl hatte damals sicherlich eine Affinität zur Liebe; es war entweder das Motiv oder das Ende davon. Die Liebe war immer noch eine Religion mit ihrem feinen Fanatismus, ihrem naiven Aberglauben, ihren erhabenen Frömmigkeiten, die mit denen des Christentums sympathisierten.

Die Sitten dieser Zeit werden auch dazu dienen, diese Verbindung zwischen Religion und Liebe zu erklären. Erstens hatte die Gesellschaft keinen Versammlungsort außer vor dem Altar. Nirgendwo sonst waren Herren und Vasallen, Männer und Frauen gleich. Nur dort konnten sich Liebende sehen und kommunizieren. Die Feste der Kirche waren der Schauplatz früherer Zeiten; Die Seele der Frau wurde in einer Kathedrale stärker berührt als heutzutage auf einem Ball oder in der Oper; Und bringen starke Emotionen Frauen nicht immer wieder zur Liebe zurück? Indem sie sich mit dem Leben vermischte und es in all seinen Handlungen und Interessen erfasste, hatte sich die Religion zum Teilhaber aller Tugenden, zum Komplizen aller Laster gemacht. Die Religion war in die Wissenschaft übergegangen, in die Politik, in die Beredsamkeit, in die Verbrechen, in das Fleisch des Kranken und des Armen; es bestieg Throne; es war überall. Diese halbgelehrten Beobachtungen werden vielleicht dazu dienen, die Wahrheit dieser Studie zu bestätigen, deren Einzelheiten die vervollkommnete Moral unserer Zeit, die, wie jeder weiß, ein wenig eingeschränkt ist, in Angst und Schrecken versetzen könnte.

In dem Moment, als der Gesang aufhörte und die letzten Töne der Orgel, vermischt mit den Vibrationen der lauten „A-Men", als sie aus der starken Brust des intonierenden Klerus erklangen, ein murmelndes Echo durch die fernen Bögen sandten, und das Die stille Versammlung wartete auf die wohltätigen Worte des Erzbischofs, ein Bürger, der es kaum erwarten konnte, nach Hause zu kommen, oder der im Tumult der Menge um seinen Geldbeutel fürchtete, als die Gläubigen sich zerstreuten, sich leise davonschlich, auf die Gefahr hin, als schlechter Katholik bezeichnet zu werden. Daraufhin beeilte sich ein Adliger, an eine der riesigen Säulen gelehnt, die den Chor umgeben, den von dem würdigen Touraineer verlassenen Sitz in Besitz zu nehmen . Nachdem er dies getan hatte, versteckte er schnell sein Gesicht zwischen den Federn seiner hohen grauen

Mütze und kniete mit einem Ausdruck der Reue, dem selbst ein Inquisitor vertraut hätte, auf dem Stuhl.

Als seine unmittelbaren Nachbarn den Neuankömmling aufmerksam beobachteten, schienen sie ihn zu erkennen; Danach kehrten sie mit einer bestimmten Geste zu ihren Gebeten zurück, mit der sie alle denselben Gedanken zum Ausdruck brachten – einen bissigen, höhnischen Gedanken, eine stille Verleumdung. Zwei alte Frauen schüttelten den Kopf und warfen einander einen Blick zu, der in die Zukunft einzutauchen schien.

Der Stuhl, in den der junge Mann geschlüpft war, stand in der Nähe einer Kapelle, die zwischen zwei Säulen stand und durch ein Eisengeländer verschlossen war. Es war üblich, dass das Kapitel zu einem ansehnlichen Preis an herrschaftliche Familien und sogar an reiche Bürger das Recht verpachtete, bei den Gottesdiensten in den verschiedenen Seitenkapellen der langen Seitenschiffe des Doms anwesend zu sein, und zwar nur sie selbst und ihre Diener Dom. Diese Simonie wird bis heute praktiziert. Eine Frau hatte ihre Kapelle so, wie sie jetzt ihre Opernloge hat. Die Familien, die diese privilegierten Orte mieteten, mussten den Altar der ihnen so überlassenen Kapelle schmücken, und jede machte es zu ihrem Stolz, ihren eigenen prächtig zu schmücken – eine Eitelkeit, die die Kirche nicht tadelte. In dieser besonderen Kapelle kniete eine Dame dicht am Geländer auf einem schönen Teppich aus rotem Samt mit goldenen Quasten, genau gegenüber dem Platz, der für den Bürger frei war. Eine silbervergoldete Lampe, die von der gewölbten Decke der Kapelle vor einem prächtig geschmückten Altar hing, warf ihr fahles Licht auf ein von der Dame gehaltenes Gebetbuch. Das Buch zitterte heftig in ihrer Hand, als der junge Mann auf sie zukam.

"Amen!"

Auf diese Antwort, gesungen mit süßer, tiefer Stimme, die schmerzlich aufgeregt war, obwohl sie sich glücklich im allgemeinen Lärm verlor, fügte sie schnell flüsternd hinzu :

„Du wirst mich ruinieren.“

Die Worte wurden in einem unschuldigen Ton gesprochen, dem ein Mann von jedem Feingefühl hätte gehorchen müssen; Sie gingen zum Herzen und durchbohrten es. Aber der Fremde, zweifellos von einem jener Leidenschaftsanfälle hingerissen, die das Gewissen ersticken, blieb auf seinem Stuhl sitzen und hob leicht den Kopf, um in die Kapelle blicken zu können.

"Er schläft!" Er antwortete mit so leiser Stimme, dass die Worte nur von der jungen Frau gehört werden konnten, da in ihrem Echo Geräusche zu hören waren.

Die Dame wurde blass; Ihr verstohlener Blick verließ für einen Moment die Pergamentseite des Gebetbuchs und wandte sich dem alten Mann zu, den der junge Mann bezeichnet hatte. Welche schreckliche Komplizenschaft lag in diesem Blick? Als die junge Frau den alten Herrn sorgfältig untersucht hatte, holte sie tief Luft und hob ihre mit einem kostbaren Juwel geschmückte Stirn zu einem Bild der Jungfrau; Diese einfache Bewegung, diese Haltung, dieser feuchte Blick offenbarten ihr Leben mit unvorsichtiger Naivität; Wäre sie böse gewesen, hätte sie sich sicherlich verstellt. Die Person, die die Liebenden auf diese Weise beunruhigte, war ein kleiner alter Mann, bucklig, fast kahl, mit wildem Gesichtsausdruck und einem langen, verfärbten weißen Bart, der zu einem Fächerschwanz geschnitten war. Auf seiner Brust glitzerte das Kreuz des Heiligen Michel; seine groben , kräftigen, mit grauen Haaren bedeckten Hände, die er gefaltet hatte, waren nun in dem Schlaf, in den er unvorsichtigerweise geraten war, leicht auseinandergefallen. Die rechte Hand schien im Begriff zu sein, auf seinen Dolch zu fallen, dessen Griff die Form einer eisernen Muschel hatte. Durch die Art und Weise, wie er die Waffe platziert hatte, befand sich dieser Griff direkt unter seiner Hand; Wenn die Hand unglücklicherweise das Eisen berührte, würde er zweifellos sofort aufwachen und seine Frau ansehen. Seine sardonischen Lippen, sein aggressiv nach vorn gerecktes spitzes Kinn zeigten die charakteristischen Zeichen eines bösartigen Geistes, eines Scharfsinns kalter Grausamkeit, der es ihm sicherlich ermöglichen würde, alles zu erraten, weil er alles ahnte. Seine gelbe Stirn war runzlig wie die von Männern, deren Gewohnheit es ist, nichts zu glauben, alles abzuwägen und die wie Geizhals, die ihr Gold klirren, nach dem Sinn und Wert menschlicher Taten suchen. Sein Körperbau war zwar deformiert, aber knochig und solide und wirkte sowohl kräftig als auch erregbar; Kurz gesagt, man hätte ihn für einen verkümmerten Oger halten können. Folglich erwartete die junge Dame eine unvermeidliche Gefahr, wenn dieser schreckliche Herr aufwachte. Dieser eifersüchtige Ehemann würde sicherlich den Unterschied zwischen einem würdigen alten Bürger, der ihm keinen Anstoß gab, und dem Neuankömmling, jung, schlank und elegant, erkennen.

„Libera nos a malo ", sagte sie und bemühte sich, dem jungen Mann ihre Ängste verständlich zu machen.

Dieser hob den Kopf und sah sie an. Tränen waren in seinen Augen; Tränen der Liebe und der Verzweiflung. Bei ihrem Anblick zitterte die Dame und verriet sich. Zweifellos hatten beide schon lange Widerstand geleistet und konnten nicht länger einer Liebe widerstehen, die von Tag zu Tag durch unüberwindliche Hindernisse zunahm, vom Schrecken genährt und von der Jugend gestärkt wurde. Die Dame war mäßig hübsch; aber ihre blasse Haut erzählte von geheimen Leiden, die sie interessant machten. Außerdem hatte sie eine elegante Figur und das schönste Haar der Welt. Von einem Tiger bewacht, riskierte sie ihr Leben, indem sie ein Wort flüsterte, einen Blick akzeptierte und einen bloßen Handdruck zuließ. Niemals wurde die Liebe tiefer empfunden als in diesen Herzen, nie wurde sie so herrlich genossen, aber sicherlich war keine Leidenschaft jemals gefährlicher. Es war leicht zu erahnen, dass diesen beiden Wesen Luft, Geräusche, Schritte usw., also Dinge, die anderen Menschen gleichgültig waren, verborgene Qualitäten und besondere Eigenschaften aufwiesen, die sie unterschieden. Vielleicht hat ihre Liebe dazu geführt, dass sie in den eisigen Händen des alten Priesters, dem sie ihre Sünden bekannten und von dem sie die Hostie am heiligen Tisch empfingen, treue Dolmetscher fanden. Liebe tief! Liebe schnitt in die Seele ein wie eine Narbe auf dem Körper, die wir durchs Leben tragen! Als diese beiden jungen Leute einander ansahen, schien die Frau zu ihrem Geliebten zu sagen: „Lass uns einander lieben und sterben!" Darauf antwortete der junge Ritter: „Lasst uns einander lieben und nicht sterben." Als Antwort zeigte sie ihm ein Schild mit ihrer alten Duenna und zwei Seiten. Die Duenna schlief; Die Pagen waren jung und schienen sich nicht darum zu kümmern, was ihren Herren zustoßen könnte, sei es im Guten oder im Bösen.

„Haben Sie keine Angst, wenn Sie die Kirche verlassen. Lass dich verwalten."

Kaum hatte der junge Edelmann diese Worte mit leiser Stimme gesagt, als die Hand des alten Herrn auf den Griff seines Dolches fiel. Als er das kalte Eisen spürte, erwachte er und seine gelben Augen richteten sich sofort auf seine Frau. Durch ein Privileg, das selbst genialen Männern selten gewährt wird, erwachte er mit einem so klaren Geist und so klaren Ideen, als hätte er überhaupt nicht geschlafen. Der Mann litt unter Eifersuchtswahn. Der Liebhaber, mit einem Auge auf seine Geliebte gerichtet, hatte mit dem anderen den Ehemann beobachtet, und er erhob sich nun schnell und verschwand hinter einer Säule in dem Moment, als die Hand des alten Mannes fiel; Danach verschwand er schnell wie ein Vogel. Die Dame senkte den Blick auf ihr Buch und versuchte, ruhig zu wirken; aber sie konnte nicht verhindern, dass ihr Gesicht rot wurde und ihr Herz mit unnatürlicher Heftigkeit schlug. Der alte Herr sah das ungewöhnliche Purpurrot auf den Wangen, der Stirn und sogar den Augenlidern seiner Frau. Er blickte sich vorsichtig um, aber da er niemanden sah, dem er misstrauen konnte, sagte er zu seiner Frau:

„Woran denkst du, meine Liebe?"

„Der Geruch des Weihrauchs macht mich krank", antwortete sie.

„Heute ist es besonders schlimm?" er hat gefragt.

Trotz dieser sarkastischen Frage tat der schlaue alte Mann so, als ob er an diese Ausrede glaubte; aber er vermutete einen Verrat und beschloss, seinen Schatz sorgfältiger als zuvor zu überwachen.

Der Segen wurde gegeben. Ohne auf das Ende der „ Soecula" zu warten soeculorum ", strömte die Menge wie ein Strom auf die Türen der Kirche zu. Wie immer üblich, wartete der alte Seigneur, bis die allgemeine Hektik vorüber war; Danach verließ er seine Kapelle und stellte die Duenna und den jüngsten Pagen mit einer Laterne vor sich hin. Dann reichte er seiner Frau den Arm und forderte den anderen Pagen auf, ihnen zu folgen.

Als er sich auf den Weg zu der Seitentür machte, die sich auf der Westseite des Kreuzgangs öffnete und durch die er normalerweise ging, löste sich ein Strom von Menschen aus der Flut, die die großen Portale versperrte, und strömte durch den Seitengang herum der alte Herr und seine Partei. Die Masse war zu kompakt, als dass er hätte zurückgehen können, und so wurden er und seine Frau durch den Druck der Menge hinter ihnen weiter zur Tür geschoben. Der Ehemann versuchte zuerst ohnmächtig zu werden, indem er die Dame am Arm zog, doch in diesem Moment wurde er heftig auf die Straße gezogen und seine Frau wurde von einem Fremden von ihm gerissen. Der schreckliche Bucklige erkannte sofort, dass er in eine geschickt vorbereitete Falle getappt war. Er bereute, dass er geschlafen hatte, nahm alle Kräfte zusammen, packte seine Frau noch einmal am Ärmel ihres Kleides und versuchte sich mit der anderen Hand am Tor der Kirche festzuhalten; aber der Eifer der Liebe setzte sich gegen die eifersüchtige Wut durch. Der junge Mann nahm seine Herrin um die Taille und trug sie so schnell und mit der Kraft der Verzweiflung davon, dass der Brokatstoff aus Seide und Gold geräuschvoll auseinanderriss und nur der Ärmel in der Hand des alten Mannes blieb. Ein Brüllen wie das eines Löwen erhob sich lauter als das Geschrei der Menge, und eine schreckliche Stimme schrie die Worte:

„Für mich, Poitiers! Diener des Comte de Saint- Vallier , hier! Helfen! helfen!"

Und der Comte Aymar de Poitiers, Vater von Saint- Vallier , versuchte, sein Schwert zu ziehen und einen Raum um ihn herum freizumachen. Aber er wurde von vierzig oder fünfzig Herren umzingelt und bedrängt, die zu verletzen gefährlich wäre. Mehrere von ihnen, besonders die höchsten Ränge, antworteten ihm mit Scherzen, während sie ihn durch die Kreuzgänge schleiften.

Blitzschnell trug der Entführer die Gräfin in eine offene Kapelle und setzte sie hinter dem Beichtstuhl auf eine Holzbank. Im Licht der Kerzen, die vor dem Heiligen brannten, dem die Kapelle geweiht war, sahen sie sich einen Moment lang schweigend an, falteten die Hände und staunten über ihre eigene Kühnheit. Die Gräfin hatte nicht den grausamen Mut, dem jungen

Mann die Kühnheit vorzuwerfen, der sie diesen gefährlichen und einzigen Augenblick des Glücks verdankten.

„Wirst du mit mir in die angrenzenden Staaten fliegen?" sagte der junge Mann eifrig. „In unserer Nähe erwarten uns zwei englische Pferde, die dreißig Meilen am Stück zurücklegen können."

"Ah!" Sie rief leise: „In welchem Winkel der Welt könnte man eine Tochter von König Ludwig XI. verstecken?"

„Stimmt", antwortete der junge Mann, zum Schweigen gebracht durch eine Schwierigkeit, die er nicht vorhergesehen hatte.

„Warum hast du mich von meinem Mann losgerissen?" fragte sie mit einer Art Entsetzen.

"Ach!" sagte ihr Geliebter: „Ich hatte nicht damit gerechnet, dass es mir Sorgen bereiten würde, in deiner Nähe zu sein und zu hören, wie du mit mir redest. Ich habe Pläne gemacht – zwei oder drei Pläne – und jetzt, wo ich Sie sehe, scheint alles erledigt zu sein."

„Aber ich bin verloren!" sagte die Gräfin.

„Wir sind gerettet!" Der junge Mann weinte in der blinden Begeisterung seiner Liebe. "Hör mir gut zu!"

„Das wird mich das Leben kosten!" sagte sie und ließ die Tränen, die in ihren Augen rollten, über ihre Wangen fließen. „Der Graf wird mich töten – vielleicht heute Abend! Aber geh zum König; Erzählen Sie ihm von den Folterungen, die seine Tochter in diesen fünf Jahren ertragen musste. Er liebte mich sehr, als ich klein war; Er nannte mich „Marie voller Gnade", weil ich hässlich war. Ah! Wenn er den Mann kennen würde, dem er mich gegeben hat, wäre seine Wut schrecklich. Ich habe es nicht gewagt, mich zu beschweren, aus Mitleid mit dem Grafen. Außerdem, wie könnte ich den König erreichen? Mein Beichtvater selbst ist ein Spion von Saint- Vallier . Darum habe ich diesem schuldigen Treffen zugestimmt, um einen Verteidiger zu bekommen – jemanden , der dem König die Wahrheit sagt. Kann ich mich darauf verlassen – Oh!" rief sie, wurde blass und unterbrach sich: „Hier kommt der Page!"

Die arme Gräfin legte ihre Hände vor ihr Gesicht, als wollte sie es verschleiern.

„Fürchten Sie sich nicht", sagte der junge Seigneur, „er ist gewonnen! Sie können ihm getrost vertrauen; Er gehört zu mir. Wenn es dem Grafen gelingt, für Sie zurückzukehren, wird er uns vor seinem Kommen warnen. „Im Beichtstuhl", fügte er mit leiser Stimme hinzu, „ist ein Priester, ein Freund von mir, der ihm sagen wird, dass er Sie aus Sicherheitsgründen aus der Menge herausgeholt und in dieser Kapelle unter seinen eigenen Schutz gestellt hat." Deshalb ist alles darauf ausgelegt, ihn zu täuschen."

Bei diesen Worten hörten die Tränen der armen Frau auf, aber ein Ausdruck der Traurigkeit breitete sich auf ihrem Gesicht aus.

„Niemand kann ihn täuschen", sagte sie. „Heute Abend wird er alles wissen. Rette mich vor seinen Schlägen! Geh nach Plessis, besuche den König, sag es ihm …" Sie zögerte; Dann fügte sie hinzu, eine schreckliche Erinnerung, die ihr den Mut gab, die Geheimnisse ihrer Ehe zu gestehen: „Ja, sagen Sie ihm, dass der Graf mich in beiden Armen bluten lässt, um mich zu beherrschen – um mich zu erschöpfen." Sagen Sie ihm, dass mein Mann mich an den Haaren herumzerrt. Sagen Sie, dass ich ein Gefangener bin; Das-"

Ihr Herz schwoll an, Schluchzen erstickte ihre Kehle, Tränen liefen ihr aus den Augen. In ihrer Aufregung erlaubte sie dem jungen Mann, der gebrochene Worte murmelte, ihr die Hände zu küssen.

"Armer Liebling! Niemand kann mit dem König sprechen. Obwohl mein Onkel Großmeister seiner Bogenschützen ist, konnte ich keinen Zugang zu Plessis erhalten. Meine liebe Frau! mein wunderschöner Herrscher! Oh, wie hat sie gelitten! Marie, sag nur zwei Worte, sonst sind wir verloren!"

"Was wird aus uns?" sie murmelte. Da sah sie an der dunklen Wand ein Bild der Jungfrau, auf das das Licht der Lampe fiel, und rief :

„Heilige Mutter Gottes, gib uns Rat!"

„Heute Nacht", sagte der junge Mann, „werde ich bei dir in deinem Zimmer sein."

"Wie?" sie fragte naiv.

Sie befanden sich in so großer Gefahr, dass ihren zärtlichsten Worten die Liebe fehlte.

„Heute Abend", antwortete er, „werde ich mich als Lehrling bei Maitre Cornelius, dem Silberschmied des Königs, anbieten. Ich habe ein Empfehlungsschreiben an ihn erhalten, das ihn dazu veranlassen wird, mich aufzunehmen. Sein Haus liegt neben deinem. Sobald ich unter dem Dach dieses alten Diebes bin, kann ich mithilfe einer seidenen Leiter bald den Weg zu Ihrer Wohnung finden."

"Oh!" Sie sagte, vor Entsetzen erstarrt: „Wenn du mich liebst, geh nicht zu Maitre Cornelius."

"Ah!" rief er und drückte sie mit der ganzen Kraft seiner Jugend an sein Herz, „du liebst mich wirklich!"

„Ja“, sagte sie; „Bist du nicht meine Hoffnung? Sie sind ein Gentleman, und ich vertraue Ihnen meine Ehre an. „Außerdem“, fügte sie hinzu und sah ihn würdevoll an, „bin ich so unglücklich, dass Sie mein Vertrauen niemals missbrauchen würden. Aber welchen Nutzen hat das alles? Geh, lass mich sterben, früher solltest du das Haus des Maitre Cornelius betreten. Wussten Sie nicht, dass alle seine Lehrlinge –“

„Wurden gehängt“, sagte der junge Mann lachend.

„Oh, geh nicht; Du wirst Opfer irgendeiner Zauberei werden.“

„Ich kann die Freude, Ihnen zu dienen, nicht hoch genug bezahlen“, sagte er mit einem Blick, der sie dazu brachte, die Augen zu senken.

„Aber mein Mann?“ Sie sagte.

„Hier ist etwas, um ihn einzuschläfern“, antwortete ihr Geliebter und zog ein kleines Fläschchen aus seinem Gürtel.

„Nicht für immer?“ sagte die Gräfin zitternd.

Trotz aller Antwort machte der junge Seigneur eine entsetzte Geste.

„Wenn er nicht so alt wäre, hätte ich ihm schon vor langer Zeit zum Kampf auf Leben und Tod getrotzt“, sagte er. „Gott bewahre mich davor, dich auf andere Weise von ihm zu befreien.“

„Verzeihen Sie mir“, sagte die Gräfin errötend. „Ich werde für meine Sünden grausam bestraft. In einem Moment der Verzweiflung dachte ich daran, ihn zu töten, und ich befürchtete, du könntest den gleichen Wunsch haben. Mein Kummer ist groß, dass ich diesen bösen Gedanken noch nie bekennen konnte; aber ich fürchte, es würde ihm wiederholt werden und er würde es rächen. Ich habe dich beschämt“, fuhr sie fort, betrübt über sein Schweigen, „ich verdiene deine Schuld.“

Und sie zerbrach das Fläschchen, indem sie es heftig auf den Boden warf.

„Komm nicht“, sagte sie, „mein Mann schläft leicht; Meine Pflicht ist es, auf die Hilfe des Himmels zu warten – das werde ich tun!“

Sie versuchte, die Kapelle zu verlassen.

"Ah!" rief der junge Mann, „befiehl mir das und ich werde ihn töten.“ Du wirst mich heute Abend sehen.

„Es war klug von mir, diese Droge zu vernichten“, sagte sie mit schwacher Stimme vor Freude darüber, so geliebt zu werden. „Die Angst, meinen Mann zu wecken, wird uns vor uns selbst retten.“

„Ich verspreche dir mein Leben“, sagte der junge Mann und drückte ihre Hand.

„Wenn der König will, kann der Papst meine Ehe annullieren. Dann werden wir vereint sein", sagte sie und warf ihm einen Blick zu, der voller freudiger Hoffnung war.

„Monseigneur kommt!" rief der Page und stürzte herein.

Sofort schnappte sich der junge Adlige, überrascht über die kurze Zeit, die er mit seiner Geliebten gewonnen hatte, und verwundert über die Schnelligkeit des Grafen, einen Kuss, der nicht abgelehnt wurde.

"Heute Abend!" sagte er und schlüpfte hastig aus der Kapelle.

Dank der Dunkelheit erreichte er sicher das große Portal und glitt in den langen Schatten, die sie durch das Kirchenschiff warfen, von Säule zu Säule. Plötzlich kam ein alter Kanoniker aus dem Beichtstuhl hervor, trat an die Seite der Gräfin und schloss das Eisengeländer, vor dem der Page mit der Miene eines Wächters feierlich auf und ab marschierte.

Ein starkes Licht kündigte nun das Kommen des Grafen an. Begleitet von mehreren Freunden und Dienern mit Fackeln eilte er mit einem nackten Schwert in der Hand vorwärts. Seine düsteren Augen schienen die Schatten zu durchdringen und selbst die dunkelsten Ecken der Kathedrale abzusuchen.

„Monseigneur, Madame ist da", sagte der Page und ging ihm entgegen.

Der Comte de Saint- Vallier fand seine Frau auf den Stufen des Altars kniend, neben ihr stand der alte Priester und las in seinem Brevier. Bei diesem Anblick schüttelte der Graf heftig das Eisengeländer, als wollte er seiner Wut Luft machen.

„Was willst du hier, mit gezogenem Schwert in einer Kirche?" fragte der Priester.

„Vater, das ist mein Mann", sagte die Gräfin.

Der Priester zog einen Schlüssel aus seinem Ärmel und schloss die Gittertür der Kapelle auf. Der Graf warf fast wider Willen einen Blick in den Beichtstuhl, dann betrat er die Kapelle und schien aufmerksam den Geräuschen im Dom zu lauschen.

„Monsieur", sagte seine Frau, „Sie schulden diesem ehrwürdigen Kanoniker viel Dank, der mir hier Zuflucht gewährt hat."

Der Graf wurde blass vor Zorn; er wagte es nicht, seine Freunde anzusehen, die eher hergekommen waren, um ihn auszulachen, als um ihm zu helfen. Dann antwortete er knapp:

„Gott sei Dank, Vater, ich werde einen Weg finden, es dir zurückzuzahlen."

Er nahm seine Frau am Arm und ohne ihr zu erlauben, ihren Knicks vor dem Kanoniker zu beenden, gab er seinen Dienern ein Zeichen und verließ die Kirche, ohne den anderen, die ihn begleitet hatten, ein Wort zu sagen. Sein Schweigen hatte etwas Wildes und Mürrisches. Voller Ungeduld, sein Zuhause zu erreichen und beschäftigt mit der Suche nach Möglichkeiten, die Wahrheit herauszufinden, bahnte er sich seinen Weg durch die gewundenen Straßen, die damals die Kathedrale von der Chancellerie trennten, einem schönen Gebäude, das kürzlich vom Kanzler Juvenal des Ursins an dieser Stelle errichtet wurde einer alten Festung, die Karl VII. schenkte. an diesen treuen Diener als Belohnung für seine glorreiche Arbeit.

Der Graf erreichte schließlich die Rue du Murier , in der sich seine Wohnung, das Hotel de Poitiers, befand. Als seine Dienereskorte den Hof betreten hatte und die schweren Tore geschlossen wurden, herrschte tiefes Schweigen in der engen Straße, in der andere große Herren ihre Häuser hatten, denn dieses neue Viertel der Stadt lag in der Nähe von Plessis, dem üblichen Wohnsitz der König, zu dem die Höflinge, wenn man sie schickte, sofort gehen könnten. Das letzte Haus in dieser Straße war auch das letzte in der Stadt. Es gehörte Maitre Cornelius Hoogworst , einem alten brabantischen Kaufmann, dem König Ludwig XI. schenkte den Finanztransaktionen, zu denen ihn seine listige Politik außerhalb seines eigenen Königreichs veranlasste, größtes Vertrauen.

Betrachtet man die Umrisse der Häuser, die Maitre Cornelius und der Comte de Poitiers bewohnten, konnte man leicht glauben, dass derselbe Architekt sie beide gebaut und für die Nutzung durch Tyrannen bestimmt hatte. Jedes hatte ein unheimliches Aussehen und ähnelte einer kleinen Festung, und beide konnten gut gegen eine wütende Bevölkerung verteidigt werden. Ihre Ecken wurden von Türmen gestützt, wie sie Antiquitätenliebhaber in Städten bemerken, in denen der Hammer des Bilderstürmers noch nicht die Oberhand gewonnen hat. Die Nischen, die nur eine geringe Tiefe hatten, setzten den eisernen Fensterläden und Türen großen Widerstand entgegen. Die in diesen turbulenten Zeiten so häufigen Unruhen und Bürgerkriege waren eine hinreichende Rechtfertigung für diese Vorsichtsmaßnahmen.

Als es auf dem großen Turm der Abtei Saint-Martin sechs Uhr schlug, ging der Liebhaber der unglücklichen Gräfin vor dem Hotel de Poitiers vorbei und blieb einen Moment stehen, um den Geräuschen zu lauschen, die die Diener im unteren Saal machten des Grafen, der aß. Er warf einen Blick zum Fenster des Zimmers, in dem er seine Liebe vermutete, und setzte seinen Weg zum angrenzenden Haus fort. Auf seinem Weg hatte der junge Mann den freudigen Lärm vieler Feste gehört, die in der ganzen Stadt zu Ehren dieses Tages veranstaltet wurden. Die schlecht verbundenen Fensterläden sendeten Lichtstreifen aus, die Schornsteine qualmten und der wohlige

Geruch von gebratenem Fleisch erfüllte die Stadt. Nach dem Ende der Gottesdienste amüsierten sich die Einwohner mit zufriedenem Gemurmel, das sich die Fantasie besser vorstellen kann, als Worte es wiedergeben können. Doch an diesem besonderen Ort herrschte tiefes Schweigen, denn in diesen beiden Häusern lebten zwei Leidenschaften, die sich nie freuten. Dahinter erstreckte sich das stille Land. Unter dem Schatten der Kirchtürme von Saint-Martin schienen diese beiden stummen Behausungen, getrennt von den anderen in derselben Straße und am krummen Ende derselben Straße stehend, von Lepra befallen zu sein. Das Gebäude gegenüber, in dem die Staatsverbrecher untergebracht waren, war ebenfalls verboten. Ein junger Mann würde von diesem plötzlichen Kontrast sofort beeindruckt sein. Da er gerade dabei war, sich auf ein furchtbar gefährliches Unterfangen zu stürzen, war es kein Wunder, dass der mutige junge Seigneur kurz vor dem Haus des Silberschmieds stehen blieb und sich die vielen Geschichten aus dem Leben des Maitre ins Gedächtnis rief Cornelius – Geschichten, die der Gräfin so sonderbaren Schrecken bereiteten. Zu dieser Zeit zitterten ein Kriegsmann und sogar ein Liebhaber beim bloßen Wort „Magie". Tatsächlich gab es nur wenige Geister und Vorstellungskräfte, die nicht an okkulte Tatsachen und Geschichten über das Wunderbare glaubten . Die Geliebte der Comtesse de Saint- Vallier , einer der Töchter, die Ludwig XI. Dauphine von Madame de Sassenage hatte , so kühn er in anderer Hinsicht auch sein mochte, wahrscheinlich zweimal darüber nachgedacht, bevor er schließlich das Haus eines sogenannten Zauberers betrat.

Die Geschichte von Maitre Cornelius Hoogworst wird die Sicherheit, die der Silberschmied im Comte de Saint- Vallier auslöste , den Schrecken der Gräfin und das Zögern, das nun von dem Liebhaber Besitz ergriff, vollständig erklären. Aber um den Lesern dieses neunzehnten Jahrhunderts verständlich zu machen, wie solche alltäglichen Ereignisse in etwas Übernatürliches verwandelt werden konnten, und um sie an den Ängsten dieser alten Zeit teilhaben zu lassen, ist es notwendig, den Verlauf dieser Erzählung zu unterbrechen und einen Rückblick zu werfen Einblick in das frühere Leben und die Abenteuer von Maitre Cornelius.

KAPITEL II.
DER TORCONNIER

Cornelius Hoogworst , einer der reichsten Kaufleute in Gent, fand am Hofe Ludwigs XI. Zuflucht und Schutz, nachdem er die Feindschaft von Karl, dem Herzog von Burgund, auf sich gezogen hatte. Der König war sich der Vorteile bewusst, die er aus einem Mann ziehen konnte, der mit allen wichtigen Handelshäusern Flanderns, Venedigs und der Levante verbunden war. er naturalisierte, adelte und schmeichelte Maitre Cornelius; All dies wurde von Ludwig XI. selten getan. Der Monarch gefiel den Flamen ebenso sehr, wie die Flamen dem Monarchen gefielen. Listig, misstrauisch und geizig; gleichermaßen politisch, gleichermaßen gebildet; beide ihrer Epoche überlegen; wir verstehen uns wunderbar ; sie verwarfen es und nahmen es mit gleicher Leichtigkeit wieder auf, der eine sein Gewissen, der andere seine Religion; sie liebten dieselbe Jungfrau, der eine aus Überzeugung, der andere aus Politik; Kurz gesagt, wenn wir den Eifersuchtsgeschichten von Olivier de Daim und Tristan Glauben schenken dürfen, ging der König zum Haus der Flamen, um jene Ablenkungen zu machen, mit denen König Ludwig XI. lenkte sich ab. Die Geschichte hat dafür gesorgt, dass wir den zügellosen Geschmack eines Monarchen, der der Ausschweifung nicht abgeneigt war, an unser Wissen weitergegeben haben. Der alte Fleming fand zweifellos sowohl Vergnügen als auch Gewinn darin, sich den launischen Vergnügungen seines königlichen Kunden hinzugeben.

Cornelius lebte nun seit neun Jahren in der Stadt Tours. In diesen Jahren ereigneten sich in seinem Haus außergewöhnliche Ereignisse, die ihn zum Gegenstand allgemeiner Verunglimpfung machten. Bei seiner ersten Ankunft hatte er beträchtliche Summen ausgegeben, um die mitgebrachten Schätze in Sicherheit zu bringen. Die seltsamen Erfindungen, die die Schlosser der Stadt heimlich für ihn gemacht hatten, die seltsamen Vorsichtsmaßnahmen, die getroffen wurden, um diese Schlosser zu seinem Haus zu bringen, um sie zum Schweigen zu zwingen, waren lange Zeit Gegenstand unzähliger Geschichten, die die abendlichen Zusammenkünfte der Stadt belebten. Diese seltsamen Kunstgriffe des alten Mannes ließen ihn allgemein für einen Besitzer orientalischer Reichtümer halten . Folglich bauten die *Erzähler* dieser Region – der Heimat der Geschichte in Frankreich – Räume voller Gold und kostbarer Farbtöne im Haus des Flamen und versäumten es nicht, all diesen sagenhaften Reichtum den Verträgen mit Magie zuzuschreiben.

Maitre Cornelius hatte aus Gent zwei flämische Kammerdiener mitgebracht, eine alte Frau und einen jungen Lehrling; Letzterer, ein junger Mann mit sanftem, angenehmem Gesicht, diente ihm als Sekretär, Kassierer,

Faktotum und Kurier. Im ersten Jahr seiner Ansiedlung in Tours kam es in seinem Haus zu einem Raubüberfall in beträchtlicher Höhe, und gerichtliche Untersuchungen ergaben, dass das Verbrechen von einem seiner Mitbewohner begangen worden sein musste. Der alte Geizhals ließ seine beiden Diener und die Sekretärin ins Gefängnis stecken. Der junge Mann war schwach und starb unter den Leiden der „Frage“, die seine Unschuld beteuerte. Die Kammerdiener gestanden das Verbrechen, um der Folter zu entgehen; Doch als der Richter sie aufforderte, zu sagen, wo das gestohlene Eigentum zu finden sei, schwiegen sie, wurden erneut gefoltert, verurteilt, verurteilt und gehängt. Auf dem Weg zum Schafott erklärten sie sich für unschuldig, wie es bei allen Hinrichtungskandidaten üblich war.

Die Stadt Tours sprach viel über diese einzigartige Angelegenheit; aber die Kriminellen waren Flamen, und das Interesse an ihrem unglücklichen Schicksal ließ bald nach. Damals sorgten Kriege und Aufstände für endlose Aufregung, und das Drama eines jeden Tages übertraf das der Nacht zuvor. Maitre Cornelius war mehr über den Verlust, den er erlitten hatte, betrübt als über den Tod seiner drei Diener und lebte allein in seinem Haus mit der alten flämischen Frau, seiner Schwester. Er erhielt vom König die Erlaubnis, sich für seine Privatangelegenheiten staatlicher Kuriere zu bedienen, verkaufte seine Maultiere an einen Maultiertreiber aus der Nachbarschaft und lebte von diesem Moment an in tiefster Einsamkeit, da er niemanden außer dem König sah, der seine Geschäfte mit Hilfe von Juden abwickelte. die ihm als kluge Rechner gute Dienste leisteten, um seinen allmächtigen Schutz zu erlangen.

Einige Zeit nach dieser Affäre verschaffte der König selbst seinem alten „ Torconnier “ ein junges Waisenkind, für das er sich interessierte. Ludwig XI. nannte Maitre Cornelius geläufig diesen veralteten Begriff, der unter der Herrschaft von Saint-Louis einen Wucherer, einen Steuereintreiber, einen Mann bezeichnete, der andere mit Gewalt bedrängte. Der Beiname „ tortionnaire “, der bis heute in unserer juristischen Ausdrucksweise erhalten bleibt, erklärt das alte Wort torconnier , das wir oft als „ tortionneur “ finden. Das arme junge Waisenkind widmete sich sorgfältig den Angelegenheiten des alten Flamen, gefiel ihm sehr und erfreute sich bald großer Beliebtheit. In einer Winternacht wurden bestimmte Diamanten gestohlen, die der König von England bei Maitre Cornelius als Sicherheit für eine Summe von hunderttausend Kronen hinterlegt hatte, und der Verdacht fiel natürlich auf das Waisenkind. Ludwig XI. war umso strenger, als er für die Treue des Jugendlichen eingetreten war. Nach einer sehr kurzen und zusammenfassenden Vernehmung durch den Großprovost wurde der unglückliche Sekretär gehängt. Danach traute sich lange Zeit niemand mehr, bei Maitre Cornelius die Kunst des Bank- und Devisenhandels zu erlernen.

Im Laufe der Zeit traten jedoch zwei junge Männer der Stadt, Touraineer , ehrenhafte Männer, die darauf bedacht waren, ihr Glück zu machen, in den

Dienst des Silberschmieds. Die Raubüberfälle fielen mit dem Eintritt der beiden jungen Männer in das Haus zusammen. Die Umstände dieser Verbrechen und die Art und Weise, wie sie begangen wurden, zeigten deutlich, dass die Räuber geheime Kommunikation mit den Insassen hatten. Zu dieser Zeit misstrauischer und rachsüchtiger geworden, legte der alte Flame die Angelegenheit Ludwig XI. vor, der sie in die Hände seines Großpropstes legte. Der Prozess wurde umgehend durchgeführt und umgehend beendet. Die Einwohner von Tours beschuldigten Tristan l'Hermite insgeheim der unziemlichen Eile. Schuldig oder unschuldig, die jungen Touraineer galten als Opfer und Cornelius als Henker. Die beiden Familien, die auf diese Weise in Trauer geworfen wurden, genossen großen Respekt; Ihre Beschwerden fanden Gehör, und nach und nach gelangte man zu der Überzeugung, dass alle Opfer, die der Silberschmied des Königs auf das Schafott geschickt hatte, unschuldig waren. Einige Leute erklärten, dass der grausame Geizhals den König nachahmte und versuchte, Schrecken und Galgen zwischen sich und seine Mitmenschen zu bringen; andere sagten, er sei überhaupt nie ausgeraubt worden , diese melancholischen Hinrichtungen seien das Ergebnis kühler Berechnungen gewesen und ihr eigentlicher Zweck sei gewesen, ihn von jeder Angst um seinen Schatz zu befreien.

Die erste Wirkung dieser Gerüchte bestand darin, Maitre Cornelius zu isolieren. Die Touraineer behandelten ihn wie einen Aussätzigen, nannten ihn „ Folterknecht " und gaben seinem Haus den Namen Malemaison . Wenn die Flamen Fremde in der Stadt gefunden hätten, die mutig genug waren, sie zu betreten, hätten die Einwohner sie davor gewarnt. Die positivste Meinung über Maitre Cornelius war die derjenigen, die ihn für lediglich verderblich hielten. Einige inspirierte er mit instinktiver Angst; andere beeindruckte er mit dem tiefen Respekt, den die meisten Männer vor grenzenloser Macht und Geld empfinden, während er auf einige wenige sicherlich die Anziehungskraft des Mysteriums ausübte. Seine Lebensweise, sein Auftreten und die Gunst des Königs rechtfertigten alle Geschichten, deren Gegenstand er nun war.

Kornelius reiste nach dem Tod seines Verfolgers, des Herzogs von Burgund, viel in fremde Länder. und während seiner Abwesenheit ließ der König seine Räumlichkeiten von einer Abteilung seiner eigenen schottischen Garde bewachen. Diese königliche Fürsorge ließ die Höflinge glauben, dass der alte Geizhals seinen Besitz Ludwig XI. vermacht hatte. Zu Hause ging der Torconnier nur wenig aus; aber die Herren des Hofes statteten ihm häufige Besuche ab. Er lieh ihnen recht großzügig Geld, wenn auch auf launische Art und Weise. An bestimmten Tagen weigerte er sich, ihnen einen Penny zu geben; Am nächsten Tag würde er ihnen große Summen anbieten , immer zu hohen Zinsen und gegen gute Sicherheiten. Als guter Katholik besuchte er regelmäßig die Gottesdienste und besuchte immer die erste

Messe in Saint-Martin. und da er dort, wie anderswo, auf Dauer eine Kapelle erworben hatte, war er auch in der Kirche von anderen Christen getrennt. Ein beliebtes Sprichwort aus dieser Zeit, an das man sich in Tours lange erinnerte, war: „Du bist vor dem Fleming vorbeigegangen; Unglück wird dir widerfahren. Das Vorbeigehen an den Flamen erklärte alle plötzlichen Schmerzen und Übel, die unfreiwillige Traurigkeit und alle schlechten Schicksalsschläge unter den Touraineern . Sogar am Hofe schrieben die meisten Personen Cornelius jenen verhängnisvollen Einfluss zu, den der italienische, spanische und asiatische Aberglaube als „bösen Blick" bezeichnet hat. Ohne die schreckliche Macht Ludwigs XI., die sich wie ein Mantel über dieses Haus spannte, hätte das Volk bei der geringsten Gelegenheit La Malemaison , dieses „böse Haus" in der Rue du Murier , abgerissen . Und doch war Cornelius der Erste, der in Tours Maulbeeren anpflanzte, und die Touraineer betrachteten ihn damals als ihr gutes Genie. Wer kann mit der Gunst des Volkes rechnen?

Einige Seigneure, die Maitre Cornelius auf seinen Reisen aus Frankreich getroffen hatten, waren von seiner Freundlichkeit und guten Laune überrascht. In Tours war er düster und versunken, kehrte aber immer dorthin zurück. Eine unerklärliche Macht brachte ihn zurück in sein trostloses Haus in der Rue du Murier . Wie eine Schnecke, deren Leben so fest mit ihrem Schneckenhaus verbunden ist, gestand er dem König, dass er sich nie wohl fühlte, außer unter den Riegeln und hinter den vermikulierten Steinen seiner kleinen Bastille; Dennoch wusste er sehr gut, dass Ludwig XI. Wenn er starb, wäre dieser Ort für ihn der gefährlichste Ort der Welt.

„Der Teufel amüsiert sich auf Kosten unseres Kumpels, des Torconnier ", sagte Ludwig XI. zu seinem Friseur, wenige Tage vor dem Allerheiligenfest. „ Er sagt, er sei erneut ausgeraubt worden, aber dieses Mal kann er niemanden aufhängen, es sei denn, er erhängt sich selbst. Der alte Vagabund kam und fragte mich, ob ich zufällig eine Reihe Rubine gestohlen hätte, die er mir verkaufen wollte. ' Pasques -Dieu! „Ich stehle nicht, was ich nehmen kann", sagte ich zu ihm."

„Hatte er Angst?" fragte der Friseur.

„Geizhals haben nur vor einer Sache Angst", antwortete der König. „Mein Kumpel, der Torconnier, weiß sehr gut, dass ich ihn nur aus gutem Grund ausplündern werde; sonst wäre ich ungerecht, und ich habe nie etwas anderes getan als das, was gerecht und notwendig ist."

„Und doch verlangt dieser alte Räuber zu viel von dir", sagte der Friseur.

„Du wünschst, er hätte es getan, nicht wahr?" antwortete der König mit dem boshaften Blick auf seinen Friseur.

„ Ventre-Mahom , Sire, das Erbe wäre eine schöne Sache zwischen Ihnen und dem Teufel!"

"Dort Dort!" sagte der König: „Setzen Sie mir keine schlechten Ideen in den Kopf. Mein Kumpel ist ein treuerer Mann als diejenigen, deren Vermögen ich gemacht habe – vielleicht weil er mir nichts schuldet."

Seit zwei Jahren lebte Maitre Cornelius ganz allein mit seiner betagten Schwester, die man für eine Hexe hielt. Ein Schneider aus der Nachbarschaft erzählte, er habe sie oft nachts auf dem Dach des Hauses gesehen, wie sie auf die Stunde des Hexensabbats wartete. Diese Tatsache schien umso außergewöhnlicher, als es bekanntermaßen die Sitte des Geizhalses war, seine Schwester nachts in einem Schlafzimmer mit eisenvergitterten Fenstern einzusperren.

Als er älter wurde, begann Cornelius, der ständig beraubt wurde und immer Angst davor hatte, von Menschen betrogen zu werden, die Menschheit zu hassen, mit Ausnahme des Königs, den er sehr respektierte. Er verfiel in extreme Menschenfeindlichkeit, aber wie die meisten Geizhalse wurde seine Leidenschaft für Gold, sozusagen die Angleichung dieses Metalls an seine eigene Substanz, immer enger und mit zunehmendem Alter noch intensiver. Seine Schwester selbst erregte seinen Verdacht, obwohl sie vielleicht geiziger und habgieriger war als ihr Bruder, den sie tatsächlich an kümmerlichen Erfindungen übertraf. Ihr Alltag hatte etwas Geheimnisvolles und Problematisches. Die alte Frau nahm selten Brot vom Bäcker; Sie erschien so selten auf dem Markt, dass der am wenigsten leichtgläubige Stadtbewohner diesen seltsamen Wesen schließlich das Wissen um ein Geheimnis zur Aufrechterhaltung des Lebens zuschrieb. Diejenigen, die sich mit Alchemie beschäftigten, behaupteten, Maitre Cornelius habe die Macht, Gold herzustellen. Wissenschaftler behaupteten, er habe das universelle Allheilmittel gefunden. Nach Ansicht vieler Landbewohner, mit denen die Stadtbewohner von ihm sprachen, war Cornelius ein chimäres Wesen, und viele von ihnen kamen aus reiner Neugier in die Stadt, um sich sein Haus anzusehen.

Der junge Seigneur, den wir vor diesem Haus zurückließen, sah sich um, zuerst im Hotel de Poitiers, dem Haus seiner Geliebten, und dann im bösen Haus. Die Mondstrahlen krochen um ihre Ecken und färbten mit einer Mischung aus Licht und Schatten die Vertiefungen und Reliefs der Schnitzereien. Die Launen dieses weißen Lichts verliehen beiden Gebäuden einen unheimlichen Ausdruck; es schien, als ob die Natur selbst den Aberglauben förderte, der um die Behausung des Geizhalses hing. Der junge Mann erinnerte an die vielen Traditionen, die Cornelius zu einer ebenso neugierigen wie beeindruckenden Persönlichkeit machten. Obwohl er durch die Heftigkeit seiner Liebe fest entschlossen war, dieses Haus zu betreten und lange genug dort zu bleiben, um seinen Plan zu verwirklichen, zögerte er, den letzten Schritt zu tun, obwohl er sich bewusst war, dass er ihn auf jeden Fall tun sollte. Aber wo ist der Mann, der in einer Krise seines Lebens nicht bereitwillig auf die Vorahnungen hört, die er über dem Abgrund schwebt? Als Liebhaber, der es wert war, geliebt zu werden, fürchtete der junge Mann zu sterben, bevor er von der Gräfin aus Liebe empfangen worden war.

Diese geistige Überlegung war so schmerzlich interessant, dass er den kalten Wind, der um die Ecke des Gebäudes pfiff, nicht spürte und seine Beine fröstelte. Beim Betreten dieses Hauses musste er seinen Namen ablegen, so wie er bereits die schönen Gewänder des Adels abgelegt hatte. Im Falle eines Missgeschicks konnte er weder die Privilegien seines Ranges noch den Schutz seiner Freunde in Anspruch nehmen, ohne die Comtesse de Saint- Vallier hoffnungslos in den Ruin zu stürzen . Wenn ihr Mann den nächtlichen Besuch eines Liebhabers vermutete, war er in der Lage, sie lebendig in einem Eisenkäfig zu rösten oder sie nach und nach in den Kerkern einer befestigten Burg zu töten. Der junge Edelmann schämte sich, als er auf die schäbige Kleidung hinabblickte, in die er sich verkleidet hatte. Sein schwarzer Ledergürtel, seine festen Schuhe, seine gerippten Socken, seine Leinwoll-Hosen und sein graues Wollwams ließen ihn wie den Gerichtsschreiber einer verarmten Justiz aussehen. Für einen Adligen des fünfzehnten Jahrhunderts war es wie der Tod selbst, die Rolle eines bettelnden Bürgers zu spielen und auf die Privilegien seines Standes zu verzichten. Aber – auf das Dach des Hauses zu klettern, wo seine Geliebte weinte; den Schornstein hinunterzusteigen oder von Dachrinne zu Dachrinne zum Fenster ihres Zimmers zu kriechen; sein Leben zu riskieren, um neben ihr auf einem seidenen Kissen vor einem glühenden Feuer zu knien, während der Schlaf eines gefährlichen Ehemanns, dessen Schnarchen ihre Freude verdoppeln würde; sich sowohl dem Himmel als auch der Erde zu widersetzen und sich den kühnsten aller Küsse zu schnappen; kein Wort zu sagen, das nicht zum Tod oder zumindest zu einem blutigen Kampf führen würde, wenn es belauscht würde, – all diese üppigen Bilder und romantischen Gefahren entschieden den jungen Mann. So gering der Aufwand für sein Unterfangen auch sein mochte, konnte er nur noch einmal die Hand seiner Dame küssen, so entschloss er sich dennoch, alles zu wagen, getrieben vom ritterlichen und leidenschaftlichen Geist jener Tage. Er hätte nicht einen Moment geglaubt, dass die Gräfin ihm inmitten solch tödlicher Gefahr das sanfte Glück der Liebe verweigern würde. Das Abenteuer war zu gefährlich, zu unmöglich, als dass man es nicht versucht und durchgeführt hätte.

Plötzlich läuteten alle Glocken der Stadt die Ausgangssperre – ein Brauch, der andernorts in Vergessenheit geraten ist, in den Provinzen aber immer noch praktiziert wird, wo ehrwürdige Bräuche langsam abgeschafft werden.

Obwohl die Lichter nicht gelöscht wurden, spannten die Wächter jedes Viertels die Ketten über die Straßen. Viele Türen waren verschlossen; Die Schritte einiger verspäteter Bürger, begleitet von ihren bis an die Zähne bewaffneten und mit Laternen bewaffneten Dienern, hallten in der Ferne wider. Bald schien die sozusagen erdrosselte Stadt zu schlafen und vor Räubern und Übeltätern sicher zu sein, außer durch die Dächer. Damals waren die Hausdächer nach Einbruch der Dunkelheit stark frequentiert. In den Provinzstädten und sogar in Paris waren die Straßen so eng, dass Räuber von den Dächern auf der einen Seite auf die auf der anderen Seite springen konnten. Diese gefährliche Beschäftigung war lange Zeit das Vergnügen von König Karl IX. in seiner Jugend, wenn wir den Memoiren seiner Zeit glauben dürfen.

Da der junge Edelmann fürchtete, zu spät bei dem alten Silberschmied vorstellig zu werden, ging er nun zur Tür des Malemaison , um anzuklopfen, und als er sie betrachtete, wurde seine Aufmerksamkeit durch eine Art Vision erregt, die den damaligen Schriftstellern eigen war hätte „ cornue " genannt – vielleicht in Bezug auf Hörner und Hufe. Er rieb sich die Augen, um wieder klar sehen zu können, und bei dem Schauspiel vor ihm gingen ihm tausend unterschiedliche Gefühle durch den Kopf. Auf jeder Seite der Tür befand sich ein Gesicht, das von einer Art Schießscharten eingerahmt war. Zuerst hielt er diese beiden Gesichter für in Stein gemeißelte groteske Masken, so eckig, verzerrt, vorspringend, bewegungslos, verfärbt waren sie ; aber die kalte Luft und das Mondlicht ermöglichten es ihm bald, den schwachen weißen Nebel zu erkennen, den lebendiger Atem aus zwei violetten Nasen sandte; Dann sah er in jedem hohlen Gesicht, unter dem Schatten der Augenbrauen, zwei porzellanblaue Augen, die klares Feuer ausstrahlten, wie die eines Wolfes, der im Unterholz kauert und das Bellen der Hunde hört. Der unruhige Glanz dieser Augen war so fest auf ihn gerichtet, dass er sich nach einer vollen Minute, in der er den seltsamen Anblick betrachtete, wie ein Vogel fühlte, auf den ein Setter zeigt; Ein fieberhafter Aufruhr erhob sich in seiner Seele, aber er unterdrückte ihn schnell. Die beiden angespannten und misstrauischen Gesichter waren zweifellos die von Cornelius und seiner Schwester.

Der junge Mann tat so, als würde er sich umschauen, um zu sehen, wo er war und ob dies das Haus sei, das auf einer Karte stand, die er aus der Tasche zog und im Mondlicht zu lesen vorgab. Dann ging er direkt zur Tür und schlug dreimal darauf, was im Haus widerhallte, als wäre es der Eingang zu einer Höhle. Ein schwaches Licht kroch unter die Schwelle, und ein Auge erschien an einem kleinen, sehr starken Eisengitter.

"Wer ist da?"

„Ein Freund, geschickt von Oosterlinck aus Brüssel."

"Was willst du?"

"Betreten."

"Ihr Name?"

„Philippe Goulenoire .“

„Haben Sie Ausweise mitgebracht?“

"Hier sind sie."

„Führen Sie sie durch die Kiste.“

"Wo ist es?"

„Zu Ihrer Linken.“

Philippe Goulenoire steckte den Brief durch den Schlitz einer Eisenkiste, über der sich ein Schießschacht befand.

"Der Teufel!" dachte er, „offensichtlich kommt der König hierher, wie es heißt; Er konnte in Plessis keine größeren Vorsichtsmaßnahmen treffen.“

Er wartete mehr als eine Viertelstunde auf der Straße. Nach dieser Zeit hörte er, wie Cornelius zu seiner Schwester sagte: „Schließen Sie die Fallen der Tür.“

Von innen ertönte das Klirren von Ketten. Philippe hörte, wie sich die Riegel öffneten, wie die Schlösser knarrten, und plötzlich öffnete sich eine kleine niedrige Tür mit Eisenbeschlägen so weit, dass ein Mann hindurchgehen konnte. Auf die Gefahr hin, sich die Kleidung vom Leib zu reißen, quetschte sich Philippe lieber zusammen, als ins La Malemaison zu gehen . Eine zahnlose alte Frau mit scharfkantigem Gesicht, die Augenbrauen ragten wie die Henkel eines Kessels hervor, Nase und Kinn waren so nah beieinander, dass kaum eine Nuss dazwischen passen konnte – ein blasses , hageres Geschöpf, dessen hohle Schläfen offenbar nur aus Knochen bestanden und Nerven, – führte den „soi-disant“-Ausländer schweigend in ein tieferes Zimmer, während Cornelius ihm vorsichtig folgte.

„Setz dich hin“, sagte sie zu Philippe und zeigte ihm einen dreibeinigen Hocker, der an der Ecke eines geschnitzten Steinkamins stand, wo es kein Feuer gab.

Auf der anderen Seite des Kaminsimses stand ein Walnusstisch mit gedrehten Beinen, auf dem ein Ei auf einem Teller und zehn oder ein Dutzend kleiner Brotscheiben lagen, hart und trocken und mit geübter Sparsamkeit geschnitten. Zwei neben dem Tisch aufgestellte Hocker, auf denen sich die alte Frau niederließ, zeigten, dass das geizige Paar gerade sein Abendessen aß. Cornelius ging zur Tür und schob zwei eiserne Fensterläden an ihren Platz und schloss damit zweifellos die Schießscharten, durch die sie auf die Straße geblickt hatten; dann kehrte er zu seinem Platz zurück. Philippe Goulenoire (so genannt) sah als nächstes, wie die Brüder und Schwestern nacheinander ihre Suppen in das Ei tauchten, und zwar mit größter Schwerkraft und der gleichen Präzision, mit der Soldaten ihre Löffel in regelmäßiger Rotation in den Kochtopf tauchen. Diese Aufführung fand in Stille statt. Aber während er aß, untersuchte Cornelius den falschen Lehrling mit so viel Sorgfalt und Gewissenhaftigkeit, als ob er eine alte Münze wog.

Philippe, der das Gefühl hatte, dass sich ein eisiger Mantel auf seine Schultern gelegt hatte, war versucht, sich umzusehen; aber mit der Umsicht, die alle Liebesunternehmungen erfordern, achtete er darauf, nicht einmal verstohlen einen Blick auf die Wände zu werfen; denn er war sich völlig darüber im Klaren, dass er einem so neugierigen Menschen nicht erlauben würde, in seinem Haus zu bleiben, wenn Cornelius ihn entdeckte. Er begnügte sich daher damit, zuerst das Ei und dann die alte Frau zu betrachten und gelegentlich über seinen zukünftigen Herrn nachzudenken.

Ludwig XI.' Der Silberschmied des Königs ähnelte diesem Monarchen. Er hatte sich sogar die gleichen Gesten angeeignet, wie es oft vorkommt, wenn Menschen in einer Art Intimität zusammenleben. Die dicken Augenbrauen des Flamen verdeckten fast seine Augen; aber indem er sie ein wenig anhob, konnte er einen klaren, durchdringenden, kraftvollen Blick ausstrahlen, den Blick von Menschen, die an Schweigen gewöhnt sind und denen das Phänomen der Konzentration innerer Kräfte vertraut geworden ist. Seine dünnen, vertikal gerunzelten Lippen verliehen ihm einen Hauch unbeschreiblicher List. Der untere Teil seines Gesichts hatte eine entfernte Ähnlichkeit mit der Schnauze eines Fuchses, aber seine hohe, vorspringende Stirn mit vielen Linien zeigte große und prächtige Qualitäten und einen Adel der Seele, dessen Quellen durch die Erfahrung bis dahin gesunken waren Die grausamen Lehren des Lebens hatten es in die tiefsten Tiefen dieses außergewöhnlichen Menschen zurückgedrängt. Er war sicherlich kein gewöhnlicher Geizhals; und seine Leidenschaft umfasste zweifellos extreme Freuden und geheime Vorstellungen.

„Wie hoch ist derzeit der Preis für venezianische Pailletten?" sagte er unvermittelt zu seinem zukünftigen Lehrling.

„Dreiviertel in Brüssel; eine in Gent."

„Was ist die Fracht auf der Schelde?"

„Drei Sous Parisis ."

„Gibt es Neuigkeiten in Gent?"

„Der Bruder von Lieven d'Herde ist ruiniert."

"Ah!"

Nachdem er diesen Ausruf ausgesprochen hatte, bedeckte der alte Mann sein Knie mit dem Rock seines Dalmatiners, einer Art Gewand aus schwarzem Samt, vorne offen, mit großen Ärmeln und ohne Kragen, der kostbare Stoff war verunstaltet und glänzend. Diese Überreste eines prächtigen Kostüms, das er früher als Präsident des Parchons- Tribunals getragen hatte , Funktionen, die ihm die Feindschaft des Herzogs von Burgund eingebracht hatten, waren jetzt nur noch ein Lumpen.

Philippe war nicht kalt; Er schwitzte in seinem Geschirr und fürchtete sich vor weiteren Fragen. Bis dahin hatten ihm die kurzen Informationen genügt, die er an diesem Morgen von einem Juden erhalten hatte, dessen Leben er zuvor gerettet hatte, dank seines guten Gedächtnisses und der perfekten Kenntnis des Juden über die Manieren und Gewohnheiten des Maitre Cornelius . Aber der junge Mann, der im ersten Schwung seines Unternehmens befürchtet hatte, dass nichts passieren würde, begann die Schwierigkeiten zu erkennen, die es mit sich brachte. Der feierliche Ernst des schrecklichen Flamen wirkte auf ihn. Er fühlte sich hinter Schloss und Riegel und erinnerte sich daran, wie der Großpropst Tristan und sein Seil den Befehlen von Maitre Cornelius folgten .

„Hast du zu Abend gegessen?" fragte der Silberschmied in einem Ton, der bedeutete: „Du sollst nicht zu Abend essen."

Die alte Jungfer zitterte trotz des Tonfalls ihres Bruders; Sie blickte den neuen Insassen an, als wolle sie abschätzen, wie viel Magen sie wohl füllen müsste, und sagte mit einem faden Lächeln:

„Du hast deinen Namen nicht gestohlen; Deine Haare und dein Schnurrbart sind so schwarz wie der Schwanz des Teufels."

„Ich habe zu Abend gegessen", sagte er.

„Na dann", antwortete der Geizhals, „du kannst morgen wiederkommen und mich besuchen." Ich komme seit einigen Jahren ohne Lehrling aus. Außerdem möchte ich darüber schlafen."

"Hey! von Saint- Bavon , Monsieur, ich bin ein Flame; Ich kenne keine Menschenseele an diesem Ort; Die Ketten liegen auf den Straßen, und ich werde ins Gefängnis geworfen. Aber", fügte er hinzu, erschrocken über den Eifer, den er in seinen Worten zum Ausdruck brachte, „wenn es Ihnen gefällt, werde ich natürlich gehen."

Der Eid schien den alten Mann besonders zu berühren.

„Komm, komm, bei Saint- Bavon , du wirst hier schlafen."

„Aber ...", sagte seine Schwester alarmiert.

„Stille", antwortete Cornelius. „In seinem Brief teilt mir Oosterlinck mit, dass er für diesen jungen Mann einstehen wird. Wissen Sie", flüsterte er seiner Schwester ins Ohr, „wir haben hunderttausend Francs, die Oosterlinck gehören ? Das ist eine Geisel, hey!"

„Und angenommen, er stiehlt diese bayerischen Juwelen? Tiens , er sieht eher aus wie ein Dieb als wie ein Flame."

"Stille!" rief der alte Mann und lauschte aufmerksam einem Geräusch.

Beide Geizhals hörten zu. Einen Moment nach dem „Still!" Von Cornelius geäußert, hallte ein Geräusch, das von den Schritten mehrerer Männer erzeugt wurde, in der Ferne auf der anderen Seite des Stadtgrabens wider.

„Es ist die Plessis-Wache auf ihrer Runde", sagte die Schwester.

„Gib mir den Schlüssel zum Zimmer des Lehrlings", sagte Cornelius.

Die alte Frau machte eine Geste, als wollte sie die Lampe nehmen.

„Wollen Sie uns in Ruhe lassen, ohne Licht?" rief Cornelius mit bedeutungsvollem Tonfall. „Kann man in deinem Alter nicht im Dunkeln sehen? Es ist nicht schwer, einen Schlüssel zu finden."

Die Schwester verstand die Bedeutung dieser Worte und verließ den Raum. Als Philippe Goulenoire dieses einzigartige Geschöpf auf dem Weg zur Tür betrachtete, gelang es ihm, den Blick, den er hastig durch das Zimmer warf, vor Cornelius zu verbergen. Es war bis zur Stuhlleiste mit Eichenholz getäfelt, und die Wände darüber waren mit gelbem Leder behängt, das mit schwarzen Arabesken bedruckt war; Was den jungen Mann jedoch am meisten beeindruckte, war eine Luntenschlosspistole mit ihrem beeindruckenden Abzug. Diese neue und schreckliche Waffe lag in der Nähe von Cornelius.

„Wie wollen Sie Ihren Lebensunterhalt mit mir verdienen?" sagte letzterer.

„Ich habe nur wenig Geld", antwortete Philippe, „aber ich kenne gute Tricks im Geschäft. Wenn du mir für jede Mark, die ich für dich verdiene, einen Sou zahlst, wird mich das zufriedenstellen."

„Ein Sou! ein Sou!" wiederholte der Geizhals; „Warum, das ist ein gutes Geschäft!"

In diesem Moment kam die alte Sibylle mit dem Schlüssel zurück.

„Komm", sagte Cornelius zu Philippe.

Das Paar ging unter den Portikus hinaus und stieg eine Wendeltreppe aus Stein hinauf, deren runder Brunnen durch einen hohen Türmchen neben der

Halle, in der sie gesessen hatten, emporstieg. Im ersten Stock blieb der junge Mann stehen.

„Nein, nein", sagte Cornelius. "Der Teufel! Dieser Winkel ist der Ort, an dem sich der König entspannen kann."

Der Architekt hatte den dem Lehrling überlassenen Raum unter dem spitzen Dach des Turms errichtet, in dem sich die Treppe windete. Es war ein kleiner Raum, ganz aus Stein, kalt und ohne jegliche Verzierung. Der Turm stand in der Mitte der Fassade auf dem Hof, der wie die Höfe aller Provinzhäuser eng und dunkel war. Am anderen Ende konnte man durch ein Eisengitter einen schäbigen Garten sehen, in dem nichts wuchs als die Maulbeeren, die Cornelius eingeführt hatte. Der junge Adlige nahm dies alles durch die Schießscharten der Wendeltreppe wahr, während der Mond glücklicherweise ein strahlendes Licht warf. Ein Kinderbett, ein Hocker, ein unpassender Krug und ein Waschbecken bildeten die gesamte Einrichtung des Zimmers. Das Licht konnte nur durch quadratische Öffnungen eindringen, die in Abständen in der Außenwand des Turms angebracht waren, was zweifellos der äußeren Verzierung entsprach.

„Hier ist deine Unterkunft", sagte Cornelius; „Es ist schlicht und solide und enthält alles, was man zum Schlafen braucht. Gute Nacht! Verlassen Sie diesen Raum nicht wie *die anderen* ."

Nachdem Cornelius seinem Lehrling einen letzten, vieldeutigen Blick zugeworfen hatte, schloss er die Tür doppelt ab, nahm ihm den Schlüssel weg und stieg die Treppe hinab. Der junge Adlige war ebenso getäuscht wie ein Glockengießer, als er beim Öffnen seiner Gussform nichts vorfand . Allein, ohne Licht, auf einem Hocker sitzend, in einer kleinen Mansarde, aus der so viele seiner Vorgänger auf das Schafott gegangen waren, kam sich der junge Mann wie ein wildes Tier vor, das in der Falle gefangen war. Er sprang auf den Hocker und richtete sich zu seiner vollen Größe auf, um eine der kleinen Öffnungen zu erreichen, durch die ein schwaches Licht schien. Von dort sah er die Loire, die wunderschönen Hänge von Saint-Cyr, die düsteren Wunder von Plessis, wo in den tiefen Nischen einiger Fenster Lichter glänzten. In der Ferne lagen die wunderschönen Wiesen der Touraine und der silberne Bach ihres Flusses. Jeder Punkt dieser schönen Natur hatte in diesem Moment eine geheimnisvolle Anmut; die Fenster, das Wasser, die Dächer der Häuser leuchteten wie Diamanten im zitternden Licht des Mondes. Die Seele des jungen Herrn konnte ein trauriges und zärtliches Gefühl nicht unterdrücken.

„Angenommen, es wäre mein letzter Abschied!" er sagte zu sich selbst.

Er stand da, spürte bereits die schrecklichen Emotionen, die ihm sein Abenteuer bereitete, und gab den Ängsten eines Gefangenen nach, der dennoch einen Hoffnungsschimmer behält. Seine Herrin beleuchtete jede

Schwierigkeit. Für ihn war sie keine Frau mehr, sondern ein übernatürliches Wesen, das durch den Weihrauch seiner Wünsche sichtbar wurde. Ein schwacher Schrei, von dem er glaubte, er käme aus dem Hotel de Poitiers, brachte ihn wieder zu sich selbst und zu einem Gefühl für seine wahre Lage. Als er sich auf seine Pritsche warf, um über seinen weiteren Weg nachzudenken, hörte er eine leichte Bewegung, die schwach von der Wendeltreppe widerhallte. Er hörte aufmerksam zu und die geflüsterten Worte der alten Frau „Er ist zu Bett gegangen" drangen an sein Ohr. Durch einen Zufall, der dem Architekten wahrscheinlich unbekannt war, erklang das leiseste Geräusch auf der Treppe im Zimmer der Lehrlinge, so dass Philippe keine einzige Bewegung des Geizhalses und seiner Schwester, die ihn beobachteten, verlor. Er zog sich aus, legte sich hin, tat so, als würde er schlafen, und nutzte die Zeit, die das Paar auf der Treppe verbrachte, dazu, nach Wegen zu suchen, um von seinem Gefängnis zum Hotel de Poitiers zu gelangen.

Gegen zehn Uhr zogen sich Cornelius und seine Schwester, überzeugt davon, dass ihr neuer Insasse schlief, in ihre Zimmer zurück. Der junge Mann studierte aufmerksam die Geräusche, die sie dabei machten, und glaubte, die Lage ihrer Gemächer erkennen zu können; Sie müssten, so glaubte er, den gesamten zweiten Stock einnehmen. Wie bei allen Häusern dieser Zeit befand sich dieses Stockwerk direkt unter dem Dach, aus dem die Fenster hervorragten, die mit reich verzierten Zwickeln verziert waren. Das Dach selbst war mit einer Art Balustrade eingefasst und verdeckte die Dachrinnen für das Regenwasser, das von Wasserspeiern in Form von Krokodilköpfen auf die Straße abgeleitet wurde. Nachdem der junge Seigneur diese Topographie so sorgfältig wie eine Katze studiert hatte, glaubte er, er könne über die Dachrinnen und mit Hilfe eines Wasserspeiers vom Turm zum Dach und von dort zu Madame de Vallier gelangen. Aber er rechnete nicht mit der Enge der Schießscharten des Turms; es war unmöglich, durch sie hindurchzukommen. Dann beschloss er, durch das Fenster der Treppe im zweiten Stock auf das Dach des Hauses zu gelangen. Um dieses gewagte Projekt zu verwirklichen , musste er sein Zimmer verlassen, und Cornelius hatte den Schlüssel mitgenommen.

Als Vorsichtsmaßnahme hatte der junge Mann, unter seiner Kleidung verborgen, einen jener Poignards mitgebracht, mit denen früher im Duell der „Gnadenschuss" gegeben wurde, wenn der besiegte Gegner den Sieger anflehte, ihn zu vernichten . Diese schreckliche Waffe hatte auf der einen Seite eine Klinge, die wie ein Rasiermesser geschärft war, und auf der anderen Seite eine Klinge, die wie eine Säge gezahnt war, aber in die entgegengesetzte Richtung gezahnt war, als sie in den Körper eindringen würde. Der junge Mann beschloss, mit dieser letzteren Klinge das Holz rund um das Schloss zu durchsägen. Zu seinem Glück wurde die Klammer des Schlosses mit vier starken Schrauben an der Außenseite der Tür befestigt. Mit Hilfe seines Dolches gelang es ihm nicht ohne große Mühe, es abzuschrauben und vollständig zu entfernen, wobei er es und die vier Schrauben vorsichtig beiseite legte. Um Mitternacht war er frei und ging ohne Schuhe die Treppe hinunter, um die Örtlichkeiten zu erkunden .

Er war nicht wenig erstaunt, als er eine weit geöffnete Tür vorfand, die durch einen Korridor zu mehreren Zimmern führte. Am Ende des Korridors befand sich ein Fenster, das zu einer Senke führte, die durch die Verbindung der Dächer des Hôtel de Poitiers und des Hôtel de Poitiers entstanden war Malemaison , die sich dort traf. Nichts könnte seine Freude zum Ausdruck bringen, es sei denn das Gelübde, das er sofort der Heiligen Jungfrau ablegte, in der berühmten Pfarrkirche Escrignoles in Tours eine Messe zu ihren Ehren zu veranstalten . Nachdem er die hohen, breiten Schornsteine des Hotel de Poitiers untersucht hatte, kehrte er zu seinen Stufen zurück, um seinen Dolch zu holen, als er zu seinem Entsetzen ein grelles Licht auf der Treppe erblickte und Maitre Cornelius selbst in seinem Dalmatiner sah, der eine Lampe trug und die Augen offen hatte in voller Ausdehnung und fixiert auf den Korridor, an dessen Eingang er wie ein Gespenst stand .

„Wenn ich das Fenster öffne und auf die Dächer springe, wird er mich hören", dachte der junge Mann.

Der schreckliche alte Geizhals schritt voran wie die Todesstunde eines Verbrechers. In dieser extremen Lage erlangte Philippe, angetrieben von der Liebe, seine Geistesgegenwart zurück; Er schlüpfte in eine Türöffnung, drückte sich in die Ecke zurück und erwartete den alten Mann. Als Cornelius, seine Lampe vor sich haltend, sich dem Luftstrom anpasste, den der junge Mann aus seinen Lungen senden konnte, wurde die Lampe ausgeblasen. Cornelius murmelte vage Worte und schwor einen holländischen Eid; aber er drehte sich um und ging zurück. Dann eilte der junge Mann in sein Zimmer, holte seinen Dolch und kehrte zum gesegneten Fenster zurück, öffnete es leise und sprang auf das Dach.

Als er unter freiem Himmel in Freiheit war, fühlte er sich schwach, so glücklich war er. Vielleicht löste die extreme Aufregung über die Gefahr, die die Kühnheit des Unternehmens mit sich brachte, seine Emotionen aus; Der Sieg ist oft genauso gefährlich wie der Kampf. Er lehnte sich an die Balustrade, zitterte vor Freude und sagte zu sich selbst:

„Durch welchen Schornstein komme ich zu ihr?"

Er sah sie alle an. Mit dem Instinkt der Liebe ging er zu allen und ertastete sie, um herauszufinden, wo es gebrannt hatte. Nachdem er sich zu diesem Punkt entschieden hatte, steckte der kühne junge Kerl seinen Dolch sicher in eine Fuge zwischen zwei Steinen, befestigte eine seidene Leiter daran, warf

die Leiter in den Schornstein und wagte sich darauf, im Vertrauen auf seine
gute Klinge, und auf die Chance, das Zimmer seiner Herrin nicht verwechselt
zu haben. Er wusste nicht, ob Saint- Vallier schlief oder wach war, aber eines
war ihm klar: Er würde die Gräfin in seinen Armen halten, wenn es das Leben
zweier Männer kosten würde.

Plötzlich berührten seine Füße sanft die warme Glut; er beugte sich noch
sanfter vor und sah die Gräfin in einem Sessel sitzen; und sie sah ihn. Blass
vor Freude und zitternd zeigte ihm das schüchterne Geschöpf im Licht der
Lampe Saint- Vallier , die etwa drei Meter von ihr entfernt in einem Bett lag.
Wir können durchaus glauben, dass ihre brennenden, stillen Küsse nur in
ihren Herzen widerhallten.

KAPITEL III.
Der Raub der Juwelen des Herzogs von Bayern

Am nächsten Tag, gegen neun Uhr morgens, als Ludwig XI. Als er nach der Messe seine Kapelle verließ, traf er Maitre Cornelius auf seinem Weg.

„Viel Glück, Kumpel", sagte er und schob hastig seine Mütze hoch.

„Sire, ich würde bereitwillig tausend Goldkronen bezahlen, wenn ich einen Moment mit Ihnen sprechen könnte; Ich habe den Dieb gefunden, der die Rubine und alle Juwelen des Herzogs von … gestohlen hat.

„Lassen Sie uns davon hören", sagte Ludwig XI. und ging in den Hof von Plessis, gefolgt von seinem Silberschmied, Coyctier , seinem Arzt Olivier de Daim , und dem Hauptmann seiner schottischen Garde. „ Erzähl mir davon. Ein weiterer Mann, der für dich hängt! Hola, Tristan!"

Der Großpropst, der im Hof auf und ab ging, kam mit langsamen Schritten wie ein Hund, der seine Treue zeigt. Die Gruppe blieb unter einem Baum stehen. Der König setzte sich auf eine Bank und die Höflinge bildeten einen Kreis um ihn.

„Sire, ein Mann, der vorgab, ein Flame zu sein, hat mich überwältigt …", begann Cornelius.

„Er muss wirklich schlau sein, dieser Kerl!" rief Louis aus und schüttelte den Kopf.

"Oh ja!" antwortete der Silberschmied bitter. „Aber ich glaube, er hätte dich selbst gefangen genommen. Wie könnte ich einem von Oosterlinck empfohlenen Bettler misstrauen , von dem ich hunderttausend Francs in meinen Händen halte? Ich wette, der Brief und das Siegel des Juden waren gefälscht! Kurz gesagt, Sire, ich wurde heute Morgen dieser Juwelen beraubt, die Sie so sehr bewunderten. Sie wurden von mir vergewaltigt, Herr! Die Juwelen des Kurfürsten von Bayern stehlen! Diese Schurken respektieren nichts! Sie werden dein Königreich stehlen, wenn du nicht aufpasst. Sobald ich die Juwelen vermisste, ging ich in das Zimmer dieses Lehrlings, der zweifellos ein ehemaliger Meister im Diebstahl ist. Diesmal mangelt es uns nicht an Beweisen. Er hatte das Schloss seiner Tür aufgebrochen. Aber als er in sein Zimmer zurückkam, war der Mond untergegangen und er konnte nicht alle Schrauben finden. Glücklicherweise spürte ich eines unter meinen Füßen, als ich den Raum betrat. Er schlief tief und fest, der Bettler, müde. Stellen Sie sich vor, meine Herren, er ist durch den Schornstein in meinen Tresorraum gelangt. Morgen oder besser gesagt heute Abend werde ich ihn lebendig rösten. Er hatte eine Seidenleiter und seine Kleidung war mit Spuren davon übersät, wie er über das Dach und den Schornstein geklettert war. Er hatte vor, bei mir zu bleiben und mich Nacht für Nacht zu ruinieren, der kühne Kerl! Aber wo sind die Juwelen? Die Landleute, die früh in die Stadt kamen, sahen ihn auf dem Dach. Er muss Komplizen gehabt haben, die an der Böschung, die Sie gebaut haben, auf ihn warteten. Ah, Sire, Sie sind der Komplize von Kerlen, die in Booten kommen; Riss! Sie kommen mit allem klar und hinterlassen keine Spuren! Aber wir halten diesen Kerl für einen Schlüssel, den kühnen Schurken! Ah! ein feines Stück wird er für den Galgen sein. Mit ein wenig *Befragung* im Vorfeld werden wir alles wissen. Es geht um den Ruhm Ihrer Herrschaft! Unter einem so großen König sollte es im Land keine Räuber geben."

Der König hörte nicht zu. Er war in eine jener düsteren Meditationen verfallen, die in den letzten Jahren seines Lebens so häufig auftraten. Es herrschte tiefe Stille.

„Das ist deine Sache", sagte er schließlich zu Tristan; „Nimm es in die Hand."

Er stand auf, ging ein paar Schritte weg und die Höflinge ließen ihn in Ruhe. Plötzlich sah er, wie Cornelius auf seinem Maultier in Begleitung des Großpropstes davonritt.

„Wo sind diese tausend Goldkronen?" rief er ihm zu.

"Ah! Herr, du bist ein zu großer König! Es gibt keinen Betrag, der Ihre Gerechtigkeit bezahlen kann."

Ludwig XI. lächelte. Die Höflinge beneideten den alten Silberschmied um seine offene Rede und seine Privilegien, so dass er prompt in der Allee junger Maulbeeren verschwand, die von Tours nach Plessis führte.

Erschöpft vor Müdigkeit war der junge Seigneur tatsächlich tief und fest eingeschlafen. Als er von seinem tapferen Abenteuer zurückkehrte, verspürte er nicht mehr denselben Eifer und denselben Mut, sich gegen entfernte oder eingebildete Gefahren zu verteidigen, mit denen er sich in die Gefahren der Nacht gestürzt hatte. Er hatte sogar die Reinigung seiner schmutzigen Kleidung auf den nächsten Tag verschoben; ein großer Fehler, bei dem sich alles andere verschworen hat. Es stimmte, dass er es mangels Mondlicht versäumt hatte, alle Schrauben dieses verfluchten Schlosses zu finden; er hatte keine Geduld, nach ihnen zu suchen. Mit dem „ laisser-aller " eines müden Mannes vertraute er auf sein Glück, das ihm bisher gute Dienste geleistet hatte. Er schloss jedoch eine Art Pakt mit sich selbst, um bei Tagesanbruch aufzuwachen, aber die Ereignisse des Tages und die Unruhen der Nacht erlaubten ihm nicht, sich selbst treu zu bleiben. Glück ist vergesslich. Kornelius erschien dem jungen Mann nicht länger furchterregend, als er sich auf die Pritsche warf, auf der so viele arme Kerle zu ihrem Untergang aufgewacht waren; und diese unbeschwerte

Rücksichtslosigkeit bewies seinen Untergang. Während der Silberschmied des Königs in Begleitung des Großpropstes und seiner gefürchteten Bogenschützen von Plessis zurückritt. Das falsche Goulenoire wurde von der alten Schwester beobachtet, die, ohne die Kälte zu bemerken, auf der Wendeltreppe saß und Socken für Cornelius strickte.

Der junge Mann träumte weiterhin von den geheimen Freuden dieser bezaubernden Nacht, ohne sich der Gefahr bewusst zu sein, die auf ihn zukam. Er sah sich auf einem Kissen zu Füßen der Gräfin, seinen Kopf auf ihren Knien in der Glut seiner Liebe; er hörte sich die Geschichte ihrer Verfolgungen und die Einzelheiten der Tyrannei des Grafen an; Er hatte Mitleid mit der armen Dame, die in Wahrheit die beliebteste leibliche Tochter Ludwigs XI. war. Er versprach ihr, am nächsten Morgen hinzugehen und diesem schrecklichen Vater ihr Unrecht zu offenbaren; Alles, versicherte er ihr, sollte so geregelt werden, wie sie es wünschten, die Ehe zerbrochen, der Ehemann verbannt – und das alles in Reichweite des Schwertes dieses Mannes, dessen Opfer sie beide sein könnten, wenn das leiseste Geräusch ihn weckte. Aber im Traum des jungen Mannes waren der Glanz der Lampe, die Flamme ihrer Augen, die Farben der Stoffe und der Wandteppiche lebendiger, mehr Liebe lag in der Luft, mehr Feuer um sie herum, als es in der Realität gewesen war Szene. Die Marie seines Schlafes widerstand weit weniger als die lebende Marie diesen anbetenden Blicken, diesen zärtlichen Bitten, diesem geschickten Schweigen, diesen üppigen Bitten, diesen falschen Großzügigkeiten, die die ersten Augenblicke einer Leidenschaft so völlig glühend und in die Seele einfließen lassen neues Delirium bei jedem neuen Schritt in der Liebe.

Der verliebten Rechtsprechung jener Zeit folgend, gewährte Marie de Saint- Vallier ihrem Geliebten alle oberflächlichen Rechte der zärtlichen Leidenschaft. Sie erlaubte ihm bereitwillig, ihren Fuß, ihr Gewand, ihre Hände, ihre Kehle zu küssen; sie bekannte ihre Liebe, sie akzeptierte die Hingabe und das Leben ihres Geliebten; sie ließ zu, dass er für sie starb; sie gab einem Rausch nach, der die Strenge ihrer Halbkeuschheit steigerte; aber weiter wollte sie nicht gehen; und sie machte ihre Befreiung zum Preis für die höchste Belohnung seiner Liebe. Um eine Ehe aufzulösen, musste man damals nach Rom gehen; um die Hilfe bestimmter Kardinäle zu erhalten und mit Zustimmung des Königs persönlich und bewaffnet vor dem souveränen Papst zu erscheinen. Marie war fest entschlossen, ihre Freiheit zu lieben zu wahren, um sie ihm später opfern zu können. Fast jede Frau verfügte damals über genügend Macht, um ihre Herrschaft über das Herz eines Mannes zu errichten und diese Leidenschaft zur Geschichte seines ganzen Lebens, zur Quelle und zum Prinzip seiner höchsten Vorsätze zu machen. Frauen waren in Frankreich eine Macht; sie waren so viele Herrscher; sie hatten Formen von edlem Stolz; ihre Liebhaber gehörten ihnen viel mehr, als sie sich ihren

Liebhabern hingaben; Oft kostete ihre Liebe Blut, und um ihr Liebhaber zu sein, musste man große Gefahren auf sich nehmen. Doch die Marie seines Traums wehrte sich kaum gegen die leidenschaftlichen Bitten des jungen Seigneurs. Welches der beiden war die Realität? Hat der falsche Lehrling in seinem Traum die wahre Frau gesehen? Hatte er im Hôtel de Poitiers eine tugendhafte Dame gesehen? Die Frage ist schwer zu entscheiden; und die Ehre der Frau erfordert es, sie sozusagen im Rechtsstreit zu belassen.

In dem Augenblick, als die Marie aus dem Traum ihre hohe Würde als Geliebte vergessen haben mochte, fühlte sich der Liebhaber von einer eisernen Hand gepackt, und die säuerliche Stimme des Großpropstes sagte zu ihm: –

„Komm, Mitternachtschrist, der Gott auf den Dächern sucht, wach auf!"

Der junge Mann sah das schwarze Gesicht von Tristan l'Hermite über sich und erkannte sein sardonisches Lächeln; Dann sah er auf den Stufen der Korkenziehertreppe Cornelius, seine Schwester und hinter ihnen den Provost. Bei diesem Anblick und als er die teuflischen Gesichter sah, die entweder Hass oder Neugier von Personen ausdrückten, deren Aufgabe es war, andere aufzuhängen, setzte sich der sogenannte Philippe Goulenoire auf seinem Lager auf und rieb sich die Augen.

„Mort-Dieu!" schrie er und ergriff seinen Dolch, der unter dem Kissen lag. „Jetzt ist es an der Zeit, unsere Messer auszuspielen."

„Ho, ho!" rief Tristan, „das ist die Rede eines Adligen. Ich glaube, ich sehe Georges d'Estouteville , den Neffen des Großmeisters der Bogenschützen."

d'Estouteville hörte, wie Tristan seinen richtigen Namen nannte, dachte er weniger an sich selbst als vielmehr an die Gefahren, die seine Anerkennung für seine unglückliche Geliebte mit sich bringen würde. Um den Verdacht abzuwehren, rief er :

„ Ventre-Mahom ! Helft, helft mir, Genossen!"

Nach diesem Aufschrei eines wirklich verzweifelten Mannes sprang der junge Höfling mit dem Dolch in der Hand zu und erreichte den Treppenabsatz. Aber die Myrmidonen des Großpropstes waren an solche Verfahren gewöhnt. Als Georges d'Estouteville die Treppe erreichte, packten sie ihn geschickt, nicht überrascht von dem heftigen Stoß, den er mit seinem Dolch auf sie ausführte, dessen Klinge glücklicherweise auf dem Panzer eines Wachmanns abrutschte; Dann entwaffneten sie ihn, fesselten seine Hände und warfen ihn auf die Pritsche vor ihrem Anführer, der regungslos und nachdenklich dastand.

Tristan blickte schweigend auf die Hände des Gefangenen, dann sagte er zu Cornelius und zeigte auf sie: –

„Das sind weder die Hände eines Bettlers noch die eines Lehrlings. Er ist ein Adliger."

„Sag einen Dieb!" rief der Torconnier . „Mein guter Tristan, ob Adliger oder Leibeigener, er hat mich ruiniert, den Bösewicht! Ich möchte seine Füße in deinen hübschen Stiefeln gewärmt sehen. Er ist, daran zweifle ich nicht, der Anführer dieser Bande sichtbarer und unsichtbarer Teufel, die alle meine Geheimnisse kennen, meine Schlösser öffnen, mich ausrauben, mich ermorden! Sie sind an mir reich geworden, Tristan. Ha! Dieses Mal werden wir den Schatz zurückbekommen, denn der Kerl hat das Gesicht des Königs von Ägypten. Ich werde meine teuren Rubine und alle Summen, die ich verloren habe, zurückerhalten; und unser würdiger König wird seinen Anteil an der Ernte haben."

„Oh, unsere Verstecke sind viel sicherer als deine!" sagte Georges lächelnd.

"Ha! der verdammte Dieb, gesteht er!" rief der Geizhals.

Der Großpropst war damit beschäftigt, Georges d'Estoutevilles Kleidung und das Türschloss aufmerksam zu untersuchen.

„Wie hast du diese Schrauben herausbekommen?"

Georges schwieg.

„Oh, sehr gut, schweigen Sie, wenn Sie möchten. Du wirst bald auf der heiligen Folterbank beichten", sagte Tristan.

„Das nenne ich Geschäft!" rief Cornelius.

„Nehmt ihn ab", sagte der Großprovost zu den Wachen.

Georges d'Estouteville bat um Erlaubnis, sich anziehen zu dürfen. Auf ein Zeichen ihres Häuptlings legen die Männer seine Kleidung mit der geschickten Schnelligkeit einer Krankenschwester an, die von der vorübergehenden Ruhe ihres Säuglings profitiert.

Eine riesige Menschenmenge drängte sich in der Rue du Murier . Das Knurren der Bevölkerung wurde immer lauter und schien die Vorboten eines Aufstands zu sein. Vom frühen Morgen an verbreitete sich die Nachricht vom Raubüberfall in der Stadt. Auf allen Seiten hatte der „Lehrling", der angeblich jung und gutaussehend war, öffentliches Mitgefühl geweckt und den Hass gegen Cornelius wiederbelebt; So gab es in der Stadt keinen jungen Mann und auch keine junge Frau mit frischem Gesicht und hübschen Füßen, die nicht entschlossen war, das Opfer zu sehen. Als Georges das Haus verließ, angeführt von einem Wachmann des Provosts , der, nachdem er sein Pferd bestiegen hatte, den starken Lederriemen, der den Gefangenen fest um seinen Arm gefesselt hatte, fest um den Arm drehte, entstand ein schrecklicher Aufruhr. Ob die Bevölkerung dieses neue Opfer nur sehen wollte oder ob sie die Absicht hatte, ihn zu retten, es ist sicher, dass diejenigen, die dahinter standen, diejenigen, die vorn waren, auf die kleine Kavalleriegruppe drängten, die rund um das Malemaison stationiert war . In diesem Moment schloss Cornelius mit Hilfe seiner Schwester die Tür und schlug die eisernen Fensterläden mit der Heftigkeit panischer Angst zu. Tristan, der es nicht gewohnt war, die Bevölkerung jener Tage zu respektieren (sofern sie noch nicht das souveräne Volk war), kümmerte sich wenig um einen möglichen Aufstand.

„Mach weiter! mach weiter!" sagte er zu seinen Männern.

Auf die Stimme ihres Anführers trieben die Bogenschützen ihre Pferde zum Ende der Straße. Als die Menge sah, wie ein oder zwei von ihnen von den Pferden umgeworfen und zertrampelt wurden und einige andere gegen die Seiten der Pferde drückten und fast erstickten, traf sie den klügeren Weg und zog sich in ihre Häuser zurück.

„Machen Sie Platz für die Gerechtigkeit des Königs!" rief Tristan. "Was machst du hier? Willst du auch gehängt werden? Geh nach Hause, meine Freunde, geh nach Hause; Dein Abendessen brennt an. Hey! Meine gute Frau, geh und stopfe die Strümpfe deines Mannes; geh zurück zu deinen Nadeln.

Obwohl solche Reden zeigten, dass der Großpropst guter Laune war, machten sie doch die widerspenstigsten Mienen, als würde er die Pest auf sie schleudern.

In dem Moment, als die erste Bewegung der Menge stattfand, war Georges d'Estouteville verblüfft, als er an einem der Fenster des Hotels de Poitiers seine liebe Marie von Saint- Vallier sah, die mit dem Grafen lachte. Sie verspottete *ihn* , den armen, hingebungsvollen Liebhaber, der für sie in den Tod ging. Aber vielleicht amüsierte es sie nur, zu sehen, wie die Mützen der Bevölkerung von den Speeren der Bogenschützen weggetragen wurden. Wir müssen dreiundzwanzig Jahre alt sein, reich an Illusionen, fähig, an die Liebe einer Frau zu glauben, uns selbst mit allen Kräften unseres Seins zu lieben, unser Leben mit Freude auf den Glauben eines Kusses zu riskieren und dann verraten zu werden, um das zu verstehen Wut des Hasses und der Verzweiflung, die Georges d'Estoutevilles Herz erfasste, als er seine lachende Geliebte sah, von der er einen kalten und gleichgültigen Blick erhielt. Zweifellos war sie schon seit einiger Zeit dort; sie lehnte am Fenster, die Arme auf einem Kissen; Sie fühlte sich wohl, und ihr alter Herr schien zufrieden zu sein. Auch er lachte, der verfluchte Bucklige! Ein paar Tränen flossen aus den Augen des jungen Mannes; doch als Marie de Saint- Vallier sie sah, wandte sie sich hastig ab. Diese Tränen versiegten jedoch plötzlich, als Georges die rot-weißen Federbüsche des Pages erblickte, der sich seinen

Interessen widmete. Der Graf achtete nicht auf diesen Diener, der auf Zehenspitzen auf seine Herrin zuging. Nachdem der Page ihr ein paar Worte ins Ohr gesagt hatte, kehrte Marie zum Fenster zurück. Für einen Moment entkam sie der ständigen Wachsamkeit ihres Tyrannen und warf einen Blick auf Georges, der vom Feuer der Liebe und Hoffnung glänzte, und schien zu sagen:

„Ich wache über dich."

Hätte sie die Worte laut gerufen, hätte sie ihre Bedeutung nicht deutlicher zum Ausdruck bringen können als in diesem Blick voller tausend Gedanken, an denen Schrecken, Hoffnung, Freude und die Gefahren ihrer gegenseitigen Situation teilnahmen. Er war in diesem einen Moment vom Himmel zum Märtyrertum und vom Märtyrertum zurück in den Himmel gegangen! So schritt der tapfere junge Seigneur, unbeschwert und zufrieden, fröhlich seinem Untergang entgegen; Er dachte, dass die Schrecken der „Frage" kein ausreichender Ausgleich für die Freuden seiner Liebe seien.

Murier verlassen wollte , hielten ihn seine Leute an, als sie sahen, wie ein Offizier der schottischen Garde mit voller Geschwindigkeit auf sie zukam.

"Was ist es?" fragte der Propst.

„Nichts, was Sie betrifft", antwortete der Beamte verächtlich. „Der König hat mich geschickt, um den Comte und die Comtesse de Saint- Vallier abzuholen , die er zum Abendessen einlädt."

Kaum hatte der Großpropst den nach Plessis führenden Damm erreicht, als der Graf und seine Frau, beide bestiegen, sie auf ihrem weißen Maultier, er auf seinem Pferd und gefolgt von zwei Pagen, sich den Bogenschützen anschlossen, um in Plessislez einzudringen -Touren in Begleitung. Alle bewegten sich langsam. Georges war zu Fuß, zwischen zwei Wachen zu Pferd, von denen einer ihn am Lederriemen festhielt. Tristan, der Graf und seine Frau waren natürlich im Voraus; der Verbrecher folgte ihnen. Der junge Page mischte sich unter die Bogenschützen, befragte sie und sprach manchmal mit dem Gefangenen, so dass es ihm geschickt gelang, mit leiser Stimme zu ihm zu sagen :

„Ich bin über die Gartenmauer gesprungen und habe einen Brief von Madame an den König an Plessis mitgenommen. Sie wäre fast gestorben, als sie von der Anschuldigung gegen Sie hörte. Mut fassen. Sie wird jetzt mit dem König über dich sprechen."

Die Liebe hatte der Gräfin bereits Kraft und List verliehen. Ihr Lachen war Teil des Heldentums, das Frauen in den großen Krisen des Lebens an den Tag legen.

Trotz der sonderbaren Fantasie des Autors von „Quentin Durward", das königliche Schloss von Plessis- lez -Tours auf einer Anhöhe zu errichten, müssen wir uns damit begnügen, es dort zu belassen, wo es wirklich war, nämlich auf flachem Land, geschützt von beiden Seiten Seite an Cher und Loire; auch am Kanal Sainte-Anne, der von Ludwig XI. so benannt wurde. zu Ehren seiner geliebten Tochter, Madame de Beaujeu . Durch die Verbindung der beiden Flüsse zwischen der Stadt Tours und Plessis diente dieser Kanal nicht nur als hervorragender Schutz für die Burg, sondern bot auch einen äußerst wertvollen Handelsweg. Auf der Seite zum Brehemont , einer weiten und fruchtbaren Ebene, wurde der Park durch einen Wassergraben verteidigt, dessen Überreste noch heute seine enorme Breite und Tiefe bezeugen. Zu einer Zeit, als die Macht der Artillerie noch in den Kinderschuhen steckte, wurde die Position von Plessis, die Ludwig XI. für seinen Lieblingszufluchtsort, könnte als uneinnehmbar gelten. Die aus Ziegeln und Steinen erbaute Burg hatte nichts Besonderes an sich; aber es war von edlen Bäumen umgeben, und von seinen Fenstern aus konnte man durch in den Park eingeschnittene Ausblicke (Plexitium) die schönsten Aussichtspunkte der Welt sehen. In der Nähe dieser einsamen Burg, die mitten in der kleinen Ebene stand, die dem König vorbehalten war und von vier Wasserbächen bewacht wurde, erhob sich kein konkurrierendes Herrenhaus .

Glaubt man der Tradition, Ludwig XI. bewohnte den Westflügel, und von seinem Zimmer aus konnte er mit einem Blick den Lauf der Loire, das gegenüberliegende Flussufer, das hübsche Tal, das die Croisille bewässert, und einen Teil der Hänge von Saint-Cyr sehen. Außerdem sah er von den Fenstern, die sich zum Hof hin öffneten, den Eingang zu seiner Festung und den Damm, durch den er seine Lieblingsresidenz mit der Stadt Tours verbunden hatte. Wenn Ludwig XI. Hätte er dem Bau seines Schlosses den architektonischen Luxus verliehen, den Franz I. später in Chambord an den Tag legte, wäre die Residenz der Könige von Frankreich für immer in der Touraine geblieben. Es reicht aus, diese herrliche Lage und ihre magischen Auswirkungen zu sehen, um sich von ihrer Überlegenheit gegenüber allen anderen königlichen Residenzen zu überzeugen.

Ludwig XI., jetzt im siebenundfünfzigsten Jahr seines Lebens, hatte kaum mehr als drei Jahre zu leben; bereits spürte er in den Anfällen seiner tödlichen Krankheit das Herannahen des Todes. Von seinen Feinden befreit; im Begriff, das Territorium Frankreichs durch die Besitztümer der Herzöge von Burgund durch die Heirat des Dauphin mit Marguerite, der Erbin von Burgund, zu vergrößern (durchgeführt durch Desquerdes , Befehlshaber seiner Truppen in Flandern); Nachdem er seine Autorität überall etabliert hatte und nun über Verbesserungen aller Art in seinem Königreich nachdachte, sah er, wie die Zeit schnell an ihm vorbeizog und keine weiteren

Probleme als die des Alters aufwiesen. Von allen getäuscht , sogar von den Lakaien um ihn herum, hatte die Erfahrung sein natürliches Misstrauen verstärkt. Der Wunsch zu leben wurde in ihm zum Egoismus eines Königs, der sich in seinem Volk verkörpert hat; Er wollte sein Leben verlängern, um seine großen Pläne verwirklichen zu können.

Alles, was der gesunde Menschenverstand der Publizisten und das Genie der Revolutionen seitdem an Veränderungen im Charakter der Monarchie herbeigeführt haben, hat Ludwig XI. gedacht und erdacht hatte. Einheit der Besteuerung, Gleichheit der Untertanen vor dem Gesetz (der Fürst war damals das Gesetz) waren die Ziele seiner kühnen Bemühungen. Am Vorabend von Allerheiligen hatte er die gelehrten Goldschmiede seines Königreichs versammelt, um in Frankreich eine Einheit der Maße und Maße zu etablieren, wie er bereits die Einheit der Macht etabliert hatte. So schwebte sein gewaltiger Geist wie ein Adler über seinem Reich und verband auf einzigartige Weise die Klugheit eines Königs mit den natürlichen Eigenheiten eines Mannes mit hohen Zielen. Zu keinem Zeitpunkt unserer Geschichte war die große Figur der Monarchie schöner oder poetischer. Erstaunliche Zusammenstellungen von Kontrasten! eine große Kraft in einem schwachen Körper; ein Geist, der nicht an alles hier unten glaubt und fest an die Ausübung der Religion glaubt; ein Mann, der mit zwei Mächten kämpft, die größer sind als seine eigenen – der Gegenwart und der Zukunft; die Zukunft, in der er ewige Strafe fürchtete, eine Angst, die ihn dazu veranlasste, so viele Opfer für die Kirche zu bringen; die Gegenwart, nämlich sein Leben selbst, zu dessen Rettung er Coyctier blind gehorchte . Dieser König, der alle um ihn herum niederschmetterte, wurde selbst von Reue und Krankheit niedergeschlagen, inmitten des großen Gedichts der trotzigen Monarchie, in dem alle Macht konzentriert war. Es war wieder einmal der gigantische und stets großartige Kampf des Menschen in der höchsten Manifestation seiner Kräfte gegen die Natur.

Während er auf sein Abendessen wartete, eine Mahlzeit, die damals zwischen elf Uhr und Mittag eingenommen wurde, setzte sich Ludwig XI., der von einem kurzen Spaziergang zurückgekehrt war, in einen riesigen, mit Wandteppichen bezogenen Stuhl neben dem Kamin in seinem Gemach. Olivier de Daim und sein Arzt Coyctier sahen sich wortlos an, standen in der Nische eines Fensters und beobachteten ihren Herrn, der plötzlich zu schlafen schien. Das einzige Geräusch, das man hörte, waren die Schritte der beiden diensthabenden Kammerherren, des Sire de Montresor, und Jean Dufou , Sire de Montbazon , die im angrenzenden Saal auf und ab gingen. Diese beiden Touraine- Seigneure blickten nach seiner Gewohnheit den Hauptmann der schottischen Garde an, der in seinem Sessel schlief. Der König selbst schien zu dösen. Sein Kopf war auf seine Brust gesunken; seine Mütze, die er in die Stirn gezogen hatte, verdeckte seine Augen. So saß er in seinem Hochstuhl, auf dem die Königskrone thronte, und wirkte zusammengekauert wie ein Mann, der mitten in tiefer Meditation eingeschlafen war.

In diesem Moment überquerten Tristan und sein Gefolge den Kanal auf der Brücke von Sainte-Anne, etwa zweihundert Fuß vom Eingang nach Plessis entfernt.

"Wer ist das?" sagte der König.

Die beiden Höflinge befragten einander mit einem überraschten Blick.

„Er träumt", sagte Coyctier mit leiser Stimme.

„ Kuscheln -Dieu!" rief Ludwig XI., „haltet Ihr mich für verrückt? Menschen überqueren die Brücke. Es ist wahr, ich bin in der Nähe des Schornsteins und kann Geräusche leichter hören als Sie. Dieser Effekt der Natur könnte genutzt werden", fügte er nachdenklich hinzu.

"Was für ein Mann!" sagte de Daim .

Ludwig XI. stand auf und ging zu einem der Fenster, die auf die Stadt blickten. Er sah den Großpropst und rief aus:

„Ha, ha! Hier ist mein Kumpel und sein Dieb. Und hier kommt meine kleine Marie de Saint- Vallier ; Ich hatte alles vergessen. „Olivier", sagte er und wandte sich an den Friseur, „gehen Sie und sagen Sie Monsieur de Montbazon , er solle zum Abendessen einen guten Bourgeuil- Wein servieren , und achten Sie darauf, dass der Koch die Neunaugen nicht vergisst; Madame le comtesse mag beides. Kann ich Neunaugen essen?" fügte er nach einer Pause hinzu und sah Coyctier besorgt an .

Um keine Antwort zu erhalten, begann der Arzt, das Gesicht seines Herrn zu untersuchen. Die beiden Männer waren ein Bild für sich.

Geschichts- und Liebesromanschreiber haben den braunen Camlet- Mantel und die Hosen aus demselben Stoff, die Ludwig XI. trug, geweiht. Seine mit bleiernen Medaillons verzierte Mütze und sein Kragen mit dem Orden des Heiligen Michel sind nicht weniger berühmt; Aber kein Schriftsteller, kein Maler hat das Gesicht dieses schrecklichen Monarchen in seinen letzten Jahren dargestellt – ein kränkliches, hohles, gelb-braunes Gesicht, dessen alle Züge eine bittere List, einen kalten Sarkasmus ausdrückten. In dieser Maske befand sich die Stirn eines großen Mannes, eine von Falten gefurchte Stirn, auf der schwere Gedanken lasteten; aber in seinen Wangen und auf seinen Lippen war etwas unbeschreiblich Vulgäres und Gewöhnliches. Wenn man bestimmte Einzelheiten dieses Gesichtsausdrucks betrachtete, hätte man ihn für einen verdorbenen Bauern oder einen geizigen Hausierer halten können; Und doch erhob sich über diese vagen

Ähnlichkeiten und die Hinfälligkeit eines sterbenden alten Mannes der König, der Mann der Macht, als Sieger. Seine hellgelben Augen schienen auf den ersten Blick ausgestorben zu sein; Aber dort lauerte ein Funke Mut und Zorn, der bei der geringsten Berührung in Flammen aufgehen und ihn in Flammen setzen konnte. Der Arzt war ein beleibter Bürger mit rotem Gesicht, schwarz gekleidet, herrisch, gewinnsüchtig und selbstgefällig. Diese beiden Persönlichkeiten waren sozusagen eingerahmt in diesem getäfelten Zimmer, das mit hochgewundenen Wandbehängen aus Flandern behängt war und dessen Decke aus geschnitzten Balken vom Rauch geschwärzt war. Die Möbel und das Bett, alle mit Arabesken aus Zinn eingelegt, scheinen heute kostbarer zu sein als zu der Zeit, als die Künste begannen, ihre erlesensten Meisterwerke hervorzubringen.

„Neunaugen sind nicht gut für Sie", antwortete der Arzt.

Dieser Titel, der kürzlich die frühere Bezeichnung „Myrrhe-Meister" ersetzt hat, wird für die Fakultät in England immer noch verwendet. Der Name wurde zu dieser Zeit überall an Ärzte vergeben.

„Was darf ich dann essen?" fragte der König demütig.

„Salzmakrele. Sonst hast du so viel Galle im Umlauf, dass du am Allerseelentag sterben könntest."

"Heute!" schrie der König entsetzt.

„Beruhigen Sie sich, Sire", antwortete Coyctier . "Ich bin hier. Versuchen Sie, Ihren Geist nicht zu beunruhigen. Finden Sie eine Möglichkeit, sich zu amüsieren.

"Ah!" „Meine Tochter Marie war in diesem schwierigen Geschäft erfolgreich", sagte der König.

klopfte Imbert de Bastarnay , Vater von Montresor und Bridore , leise an die königliche Tür. Nachdem er die Erlaubnis des Königs erhalten hatte, trat er ein und meldete den Comte und die Comtesse de Saint- Vallier . Ludwig XI. machte ein Zeichen. Marie erschien, gefolgt von ihrem alten Mann, der ihr den Vortritt ließ.

„Guten Tag, meine Kinder", sagte der König.

„Sire", antwortete seine Tochter mit leiser Stimme, als sie ihn umarmte, „ich möchte heimlich mit Ihnen sprechen."

Ludwig XI. schien sie nicht gehört zu haben. Er drehte sich zur Tür und rief mit hohler Stimme: „Hola, Dufou !"

Dufou , Seigneur von Montbazon und Großpokalträger Frankreichs, trat eilig ein.

„Gehen Sie zum Oberkellner d'hotel und sagen Sie ihm, dass ich zum Abendessen Salzmakrelen essen muss. Und gehen Sie zu Madame de Beaujeu und teilen Sie ihr mit, dass ich heute alleine speisen möchte . Wissen Sie, Madame", fuhr der König fort und tat, als wäre er leicht verärgert, „dass Sie mich vernachlässigen? Es ist fast drei Jahre her, seit ich dich gesehen habe. „Komm, komm her, meine Hübsche", fügte er hinzu, setzte sich und streckte ihr die Arme entgegen. „Wie dünn bist du geworden! Warum hast du sie so dünn werden lassen?" sagte der König grob und wandte sich an den Comte de Poitiers.

Der eifersüchtige Ehemann warf seiner Frau einen so verängstigten Blick zu, dass sie fast Mitleid mit ihm hatte.

„Glück, Herr!" er stammelte.

"Ah! ihr liebt euch zu sehr, ist es das?" sagte der König und hielt seine Tochter zwischen seinen Knien. „Ich habe es richtig gemacht, dich Maria voller Gnade zu nennen. Coyctier , verlass uns! Was willst du denn nun von mir?" sagte er zu seiner Tochter, als der Arzt gegangen war. „Nachdem du mir dein-" geschickt hast

In dieser Gefahr legte Marie kühn ihre Hand auf die Lippen des Königs und sagte ihm ins Ohr:

„Ich habe dich immer für vorsichtig und eindringlich gehalten."

„Saint- Vallier ", sagte der König lachend, „ich glaube, Bridore hat dir etwas zu sagen."

Der Graf verließ das Zimmer; aber er machte eine Geste mit der Schulter, die seiner Frau bekannt war, die die Gedanken des eifersüchtigen Mannes erraten konnte und wusste, dass sie seinen grausamen Plänen zuvorkommen musste.

„Sag mir, mein Kind, wie denkst du, dass es mir geht, – hey? Komme ich dir verändert vor?"

„Sire, wollen Sie, dass ich Ihnen die wahre Wahrheit sage, oder wäre es Ihnen lieber, wenn ich Sie täusche?"

„Nein", sagte er mit leiser Stimme, „ich möchte wirklich wissen, was mich erwartet."

„In diesem Fall denke ich, dass Sie heute sehr krank aussehen; Aber Sie werden nicht zulassen, dass meine Wahrhaftigkeit den Erfolg meiner Sache beeinträchtigt, oder?"

„Was ist Ihr Anliegen?" fragte der König, runzelte die Stirn und fuhr sich mit der Hand über die Stirn.

„Ah, Sire", antwortete sie, „der junge Mann, den Sie wegen Raubes Ihres Silberschmieds Cornelius verhaften ließen und der sich jetzt in den Händen des Großpropstes befindet, ist an dem Raub unschuldig."

"Wie kannst du das Wissen?" fragte der König. Marie senkte den Kopf und errötete.

„Ich brauche nicht zu fragen, ob in diesem Geschäft Liebe steckt", sagte der König, hob sanft den Kopf seiner Tochter und streichelte ihr Kinn. „Wenn du nicht jeden Morgen gestehst, meine Tochter, wirst du in die Hölle fahren."

„Können Sie mir nicht einen Gefallen tun, ohne mich zu zwingen, meine geheimen Gedanken preiszugeben?"

„Wo wäre das Vergnügen?" rief der König, der in dieser Angelegenheit nur ein Vergnügen sah.

"Ah! willst du, dass dein Vergnügen mich Kummer kostet?"

"Oh! Du schlaues kleines Mädchen, hast du kein Vertrauen zu mir?"

„Dann, Sire, lassen Sie den jungen Adligen frei."

"Also! Er ist ein Edelmann, nicht wahr?" rief der König. „Dann ist er kein Lehrling?"

„Er ist sicherlich unschuldig", sagte sie.

„Das sehe ich nicht so", sagte der König kalt. „Ich bin das Gesetz und die Gerechtigkeit meines Königreichs, und ich muss die Übeltäter bestrafen."

„Kommen Sie, setzen Sie nicht Ihr feierliches Gesicht auf! Gib mir das Leben dieses jungen Mannes."

„Ist es schon deins?"

„Herr", sagte sie, „ich bin rein und tugendhaft. Du machst Witze über …"

„Dann", sagte Ludwig XI. und unterbrach sie, „da ich die Wahrheit nicht erfahren darf, denke ich, dass Tristan es besser tun sollte, es aufzuklären."

Marie wurde blass, aber sie machte einen heftigen Versuch und schrie :

„Sire, ich versichere Ihnen, Sie werden das alles bereuen. Der sogenannte Dieb hat nichts gestohlen. Wenn Sie mir seine Verzeihung gewähren, werde ich Ihnen alles erzählen, auch wenn Sie mich vielleicht bestrafen."

„Ho, ho! „Es wird langsam ernst", rief der König und schob seine Mütze hoch. „Sprich laut, meine Tochter."

„Nun", sagte sie mit leiser Stimme und legte ihre Lippen an das Ohr ihres Vaters, „er war die ganze Nacht in meinem Zimmer."

„Er könnte dort sein und dennoch Cornelius ausrauben . Zwei Raubüberfälle!"

„Ich habe dein Blut in meinen Adern und ich wurde nicht dazu geboren, einen Schurken zu lieben. Dieser junge Seigneur ist der Neffe des Generalkapitäns Ihrer Bogenschützen."

"Gut gut!" schrie der König; „Du bist schwer zu gestehen."

Mit diesen Worten stieß der König seine Tochter von seinem Knie und eilte zur Tür des Zimmers, aber leise auf den Zehenspitzen und ohne Lärm zu machen. Für den letzten oder zweiten Moment hatte ihm das Licht aus einem Fenster in der angrenzenden Halle, das durch einen Raum unter der Tür schien, den Schatten eines Fußes eines Zuhörers gezeigt, der auf den Boden seines Zimmers projiziert wurde. Er öffnete abrupt die Tür und überraschte den Comte de Saint- Vallier , der ihn belauschte.

„ Kuscheln -Dieu!" er weinte; „Hier ist eine Kühnheit, die die Axt verdient."

„Sire", antwortete Saint- Vallier hochmütig, „ich würde eine Axt an meiner Kehle dem Schmuck der Ehe auf meinem Kopf vorziehen."

„Vielleicht haben Sie beides", sagte Ludwig XI. „Keiner von euch ist vor solchen Gebrechen sicher, Messieurs. Gehe in die weiter entfernte Halle. Conyngham ", fuhr der König fort und wandte sich an den Hauptmann der Wache, „du schläfst! Wo ist Monsieur de Bridore ? Warum lassen Sie zu, dass ich auf diese Weise angesprochen werde? Küchenschellen -Dieu! Der niedrigste Bürger von Tours ist besser bedient als ich."

Nachdem er so geschimpft hatte, betrat Louis sein Zimmer wieder; aber er achtete darauf, den Gobelinvorhang zuzuziehen, der eine zweite Tür bildete, was eher dazu diente, die Worte des Königs zu ersticken als das Pfeifen des rauen Nordwinds.

„Also, meine Tochter", sagte er und spielte gern mit ihr wie eine Katze mit einer Maus, „war Georges d'Estouteville letzte Nacht dein Liebhaber?"

„Oh nein, Sire!"

"NEIN! Ah! von Saint- Carpion , er verdient den Tod. Fand der Schlingel meine Tochter nicht schön?"

"Oh! das ist es nicht", sagte sie. „Er küsste meine Füße und Hände mit einer Leidenschaft, die selbst die tugendhafteste aller Frauen berührt hätte. Er liebt mich wirklich in allen Ehren."

„Halten Sie mich für Saint-Louis und denken Sie, ich sollte solchen Unsinn glauben? Ein junger Kerl, der wie er geschaffen ist, sein Leben zu riskieren, nur um deine kleinen Pantoffeln oder deine Ärmel zu küssen! Sagen Sie das anderen."

„Aber, Sire, es ist wahr. Und er kam aus einem anderen Grund."

Nachdem Marie diese Worte gesagt hatte, hatte sie das Gefühl, das Leben ihres Mannes aufs Spiel gesetzt zu haben, denn Louis forderte sofort:

"Welcher Sinn?"

Das Abenteuer amüsierte ihn ungemein. Aber er hatte nicht mit den seltsamen Vertraulichkeiten gerechnet, die seine Tochter ihm nun machte, nachdem sie die Begnadigung ihres Mannes gefordert hatte.

„Ho, ho, Monsieur de Saint- Vallier ! Also wagst du es, das königliche Blut zu vergießen!" rief der König, und seine Augen leuchteten vor Wut.

In diesem Moment läutete die Glocke von Plessis die Stunde des königlichen Abendessens. Auf den Arm seiner Tochter Ludwig XI. gestützt. erschien mit zusammengezogenen Brauen auf der Schwelle seiner Kammer und fand alle seine Diener wartend. Er warf dem Comte de Saint- Vallier einen zweideutigen Blick zu und dachte an das Urteil, das er über ihn aussprechen wollte. Die tiefe Stille, die herrschte, wurde bald durch die Schritte von Tristan l'Hermite unterbrochen , als er die große Treppe hinaufstieg. Der Großpropst betrat den Saal und ging auf den König zu und sagte:

„Sire, die Angelegenheit ist geklärt."

"Was! ist alles vorbei?" sagte der König.

„Unser Mann ist in den Händen der Mönche. Er gestand den Diebstahl nach einer Berührung der ‚Frage'."

Die Gräfin gab ein Zeichen und wurde blass; Sie konnte nicht sprechen, blickte aber den König an. Dieser Blick wurde von Saint- Vallier bemerkt , der leise murmelte: „Ich bin betrogen; Dieser Dieb ist ein Bekannter meiner Frau."

"Schweigen!" rief der König. „ Jemand ist hier, der meine Geduld ermüden wird. Gehen Sie sofort und stoppen Sie die Hinrichtung", fuhr er fort und wandte sich an den Großprovost. „Du wirst mit deinem eigenen Körper für den des Verbrechers verantwortlich sein, mein Freund. Diese Angelegenheit muss besser geklärt werden, und ich behalte mir die Entscheidung vor. Den Gefangenen vorläufig freilassen; Ich kann ihn jederzeit zurückholen; Diese Räuber haben häufig Rückzugsorte und Verstecke, in denen sie lauern. Lassen Sie Cornelius wissen, dass ich heute Abend bei ihm zu Hause sein werde, um selbst mit der Untersuchung zu beginnen. Monsieur de Saint-Vallier ", sagte der König und blickte den Grafen starr an, „ich weiß von Ihnen. Dein ganzes Blut könnte nicht für einen Tropfen von mir bezahlen; hörst du mich? Bei unserer Lieben Frau von Clery ! Sie haben Majestätsbeleidigungen begangen. Habe ich dir eine so hübsche Frau gegeben, dass sie blass und schwach ist? Geh zurück in dein eigenes Haus und bereite dich auf eine lange Reise vor."

Bei diesen Worten blieb der König aus Gewohnheit der Grausamkeit stehen; dann fügte er hinzu:—

„Sie werden heute Abend abreisen, um sich um meine Angelegenheiten mit der Regierung von Venedig zu kümmern. Sie brauchen sich um Ihre Frau keine Sorgen zu machen; Ich werde mich in Plessis um sie kümmern; Sie wird hier sicherlich in Sicherheit sein. Von nun an werde ich mit größerer Sorgfalt über sie wachen, als ich es getan habe, seit ich sie mit dir verheiratet habe."

Als Marie diese Worte hörte, drückte sie schweigend den Arm ihres Vaters, als wollte sie ihm für seine Gnade und Güte danken. Ludwig XI. lachte im Ärmel vor sich hin.

KAPITEL IV.
DER VERBORGENE SCHATZ

Ludwig XI. mischte sich gern in die Angelegenheiten seiner Untertanen ein und war stets bereit, seine königliche Majestät mit dem bürgerlichen Leben zu vermischen. Dieser von einigen Historikern scharf kritisierte Geschmack war in Wirklichkeit nur eine Leidenschaft für das „Incognito", eine der größten Freuden der Fürsten – eine Art vorübergehende Abdankung, die es ihnen ermöglicht, ein wenig echtes, fades Leben in ihre Existenz zu bringen durch den Mangel an Widerstand. Ludwig XI. hingegen spielte das Inkognito offen. Bei diesen Gelegenheiten war er immer der gute Kerl und bemühte sich, den Bürgern der Mittelschicht zu gefallen, die er zu seinen Verbündeten gegen die Feudalität machte. Seit einiger Zeit hatte er keine Gelegenheit mehr gefunden, sich „zum Volk zu machen" und sich in streitigen Angelegenheiten für die häuslichen Interessen eines Mannes „ engarrie " (ein altes Wort, das in Tours immer noch verwendet wird und „verlobt" bedeutet) einzusetzen, so dass er die Sorgen des Maitre auf sich nehmen musste Cornelius eifrig, und auch die geheimen Sorgen der Comtesse de Saint- Vallier . Während des Abendessens sagte er mehrmals zu seiner Tochter:

„Wer, glauben Sie, könnte meinen Silberschmied ausgeraubt haben? Die Raubüberfälle belaufen sich mittlerweile auf über zwölfhunderttausend Kronen in acht Jahren. Zwölfhunderttausend Kronen, Messieurs!" Er fuhr fort und blickte die Herren an, die ihn bedienten. "Notre Dame! Mit so einer Summe konnte man in Rom keine Absolutionen erkaufen! Und vielleicht, Pasques -Dieu! Überqueren Sie die Loire oder, noch besser, erobern Sie das Piemont, eine schöne Festung, die für dieses Königreich bereit ist."

Als das Abendessen vorbei war, begrüßte Ludwig XI. nahm seine Tochter, seinen Arzt und den Großpropst mit einer Eskorte von Soldaten und ritt zum Hotel de Poitiers in Tours, wo er, wie er erwartet hatte, den Comte de Saint-Vallier vorfand, der auf seine Frau wartete, vielleicht um sie zu entführen mit ihrem Leben.

„Monsieur", sagte der König, „ich habe Ihnen gesagt, Sie sollen sofort anfangen. Verabschieden Sie sich jetzt von Ihrer Frau und gehen Sie zur Grenze. Sie werden von einer Ehreneskorte begleitet. Ihre Anweisungen und Ausweise werden in Venedig vorliegen, bevor Sie dort ankommen."

Louis erteilte dann – nicht ohne einige geheime Anweisungen hinzuzufügen – einem Leutnant der schottischen Garde den Befehl, eine Gruppe Männer mitzunehmen und den Botschafter nach Venedig zu begleiten. Saint- Vallier reiste eilig ab, nachdem er seiner Frau einen kalten

Kuss gegeben hatte, den er am liebsten tödlich gemacht hätte. Ludwig XI. dann ging er zum Malemaison hinüber , begierig darauf, im Haus seines Silberschmieds mit der Entwirrung der melancholischen Komödie zu beginnen, die nun seit acht Jahren andauert; Er schmeichelte sich damit, dass er in seiner Eigenschaft als König genug Scharfsinn besaß, um das Geheimnis der Raubüberfälle zu lüften. Cornelius sah die Ankunft der Eskorte seines königlichen Herrn nicht ohne Unbehagen.

„Sollen alle diese Personen an der Untersuchung teilnehmen?" sagte er zum König.

Ludwig XI. konnte sich ein Lächeln nicht verkneifen, als er den Schrecken des Geizhalses und seiner Schwester sah.

„Nein, mein alter Kumpel", sagte er; „Machen Sie sich keine Sorgen. Sie werden in Plessis zu Abend essen, und Sie und ich allein werden die Ermittlungen durchführen. Ich bin so gut darin, Kriminelle aufzuspüren, dass ich mit Ihnen zehntausend Kronen wetten würde, dass ich es jetzt tun werde."

„Finden Sie ihn, Sire, und machen Sie keine Wette."

Sie gingen sofort in den Tresorraum, wo der Flame seinen Schatz aufbewahrte. Dort überzeugte Ludwig, der zunächst die Schatulle sehen wollte, aus der die Juwelen des Herzogs von Burgund entwendet worden waren, und dann den Schornstein, durch den der Räuber herabgestiegen sein sollte, seinen Silberschmied leicht von der Falschheit letztere Annahme, da es keinen Ruß auf dem Herd gab – wo in Wahrheit selten ein Feuer gemacht wurde – und kein Anzeichen dafür, dass jemand durch den Kamin gegangen war; und außerdem mündete der Schornstein an einem Teil des Daches, der fast unzugänglich war. Endlich, nach zwei Stunden intensiver Nachforschungen, die von jener Scharfsinnigkeit geprägt waren, die den misstrauischen Geist Ludwigs XI. auszeichnete, war ihm schließlich zweifelsfrei klar, dass sich niemand gewaltsam Zutritt zum Tresorraum seines Silberschmieds verschafft hatte. Weder an den Schlössern noch an den eisernen Truhen, die das Gold, Silber und die Juwelen enthielten, die von wohlhabenden Schuldnern als Sicherheiten hinterlegt worden waren, waren Spuren von Gewalt zu erkennen.

„Wenn der Räuber diese Kiste öffnete", sagte der König, „warum hat er nichts daraus herausgenommen als die Juwelen des Herzogs von Bayern? Welchen Grund hatte er, die Perlenkette zurückzulassen, die neben ihnen lag? Ein seltsamer Räuber!"

Bei dieser Bemerkung wurde der unglückliche Geizhals blass: Er und der König sahen sich einen Moment lang an.

„Wozu kam dann der Räuber, den Sie unter Ihren Schutz genommen haben, hierher, und warum streifte er nachts umher?“

„Wenn Sie nicht erraten haben, warum, mein Kumpel, befehle ich Ihnen, in Unwissenheit zu bleiben. Das ist eines meiner Geheimnisse.“

„Dann ist der Teufel in meinem Haus!“ rief der Geizhals mitleiderregend.

Unter anderen Umständen hätte der König über den Schrei seines Silberschmieds gelacht; aber er war plötzlich nachdenklich geworden und warf dem Flamen jene Blicke zu, die für talentierte und mächtige Männer typisch sind und die scheinbar bis ins Gehirn eindringen. Cornelius hatte Angst und dachte, er hätte seinen gefährlichen Herrn irgendwie beleidigt.

„Teufel oder Engel, ich habe ihn, den Schuldigen!“ rief Ludwig XI. plötzlich. „Wenn Sie heute Nacht erneut ausgeraubt werden, werde ich morgen erfahren, wer es getan hat. Lass die alte Hexe, die du deine Schwester nennst, hierher kommen“, fügte er hinzu.

Cornelius zögerte fast, den König mit seinen Schätzen allein im Raum zu lassen; aber das bittere Lächeln auf Louis' verdorrten Lippen bestimmte ihn. Dennoch eilte er zurück, gefolgt von der alten Frau.

„Hast du Mehl?“ forderte der König.

"Oh ja; „Wir haben unseren Vorrat für den Winter gelegt“, antwortete sie.

„Nun, geh und hol welche“, sagte der König.

„Was wollen Sie mit unserem Mehl machen, Herr?“ sie weinte, nicht im geringsten beeindruckt von seiner königlichen Majestät.

"Alter Dummkopf!" „Geh und führe die Befehle unseres gnädigen Herrn aus“, sagte Cornelius. Wird es dem König an Mehl mangeln?“

„Unser gutes Mehl!“ sie grummelte, als sie nach unten ging. "Ah! mein Mehl!“

Dann kehrte sie zurück und sagte zum König:

„Sire, ist es nur eine königliche Idee, mein Mehl zu untersuchen?“

Schließlich erschien sie wieder und trug einen dieser robusten Leinensäcke, die in der Touraine seit jeher dazu verwendet werden, Nüsse, Früchte oder Weizen zum und vom Markt zu tragen oder zu bringen . Der Beutel war zur Hälfte mit Mehl gefüllt. Die Haushälterin öffnete es und zeigte es dem König, auf den sie den schnellen, wilden Blick warf, mit dem alte Jungfern Männer mit Gift bespritzen.

Septeree ' kostet sechs Sous “, sagte sie.

"Was macht das schon?" sagte der König. „Verbreite es auf dem Boden; aber achten Sie darauf, eine gleichmäßige Schicht davon zu bilden – als ob es wie Schnee gefallen wäre."

Die alte Jungfer verstand es nicht. Dieser Vorschlag überraschte sie, als wäre das Ende der Welt gekommen.

„Mein Mehl, Herr! auf dem Boden! Aber-"

Maitre Cornelius, der die Absichten des Königs, wenn auch nur vage, zu verstehen begann, ergriff die Tasche und schüttete ihren Inhalt vorsichtig auf den Boden. Die alte Frau zitterte, aber sie streckte ihre Hand nach der leeren Tüte aus, und als ihr Bruder sie ihr zurückgab, verschwand sie mit einem schweren Seufzer.

Dann nahm Cornelius einen Federbesen und glättete das Mehl sanft, bis es wie ein Schneefall aussah. Dabei zog er sich Schritt für Schritt zurück, gefolgt vom König, der von der Aktion sehr amüsiert zu sein schien. Als sie die Tür erreichten, wurde Ludwig XI. sagte zu seinem Silberschmied: „Gibt es zwei Schlüssel für das Schloss?"

„Nein, Herr."

Anschließend untersuchte der König die Struktur der Tür, die mit großen Eisenplatten und -stäben versteift war, die alle in einem geheimen Schloss zusammenliefen, dessen Schlüssel Cornelius aufbewahrte.

Nachdem er alles untersucht hatte, ließ der König Tristan rufen und befahl ihm, mehrere seiner Männer für die Nacht unter größter Geheimhaltung in den Maulbeerbäumen am Ufer und auf den Dächern der angrenzenden Häuser zu postieren und sich sofort zu versammeln den Rest seiner Männer und eskortieren ihn zurück nach Plessis, um in der Stadt den Eindruck zu erwecken, dass er selbst nicht mit Cornelius speisen würde. Als nächstes sagte er dem Geizhals, er solle seine Fenster mit äußerster Vorsicht schließen, damit kein einziger Lichtstrahl aus dem Haus dringen könne, und dann machte er sich mit großem Pomp auf den Weg nach Plessis am Ufer entlang; Dort verließ er jedoch heimlich seine Eskorte und kehrte durch eine Tür in den Stadtmauern zum Haus des Torconnier zurück . All diese Vorsichtsmaßnahmen waren so gut getroffen, dass die Leute von Tours tatsächlich glaubten, der König sei nach Plessis zurückgekehrt und würde am nächsten Morgen mit Cornelius speisen.

Gegen acht Uhr abends, als der König mit seinem Arzt Cornelius und dem Hauptmann seiner Garde speiste und viele fröhliche Gespräche führte, wobei er vorerst vergaß, dass er krank und in Todesgefahr war, herrschte tiefstes Schweigen Draußen herrschte, und alle Passanten, selbst der vorsichtigste Räuber, hätten geglaubt, dass das Malemaison wie üblich besetzt sei.

„Ich hoffe", sagte der König lachend, „dass mein Silberschmied heute Nacht ausgeraubt wird, damit meine Neugier befriedigt wird." Deshalb, meine Herren, darf morgen früh niemand sein Zimmer ohne meinen Befehl verlassen, unter Androhung schwerer Strafe."

Daraufhin gingen alle zu Bett. Am nächsten Morgen, Ludwig XI. verließ als erster seine Wohnung und ging sofort zur Tür des Tresorraums. Er war nicht wenig erstaunt, als er beim Gehen die Spuren eines großen Fußes entlang der Treppen und Korridore des Hauses sah. Sorgfältig vermied er diese kostbaren Fußabdrücke und folgte ihnen zur Tür der Schatzkammer, die er verschlossen vorfand, ohne Anzeichen von Bruch oder Verunstaltung. Dann studierte er die Richtung der Stufen; aber als sie allmählich schwächer wurden, hinterließen sie schließlich nicht die geringste Spur, und es war ihm unmöglich herauszufinden, wohin der Räuber geflohen war.

„Ho, Kumpel!" rief der König: „Diesmal wurdest du fein beraubt."

Bei diesen Worten eilte der alte Fleming sichtlich verängstigt aus seiner Kammer. Ludwig XI. ließ ihn die Fußabdrücke auf den Treppen und in den Korridoren betrachten, und als er sie zum zweiten Mal selbst untersuchte, bemerkte der König zufällig die Pantoffeln des Geizhalses und erkannte die Art von Sohlen, die in Mehl auf den Korridoren gedruckt waren. Er sagte kein Wort und unterdrückte sein Lachen, als er an die unschuldigen Männer dachte, die wegen des Verbrechens gehängt worden waren. Der Geizhals eilte nun zu seinem Schatz. Als er im Raum ankam, befahl ihm der König, mit seinem Fuß ein neues Zeichen neben die bereits vorhandenen zu setzen, und überzeugte ihn leicht davon, dass der Räuber seines Schatzes kein anderer als er selbst war.

„Die Perlenkette ist weg!" rief Cornelius. „Da steckt Zauberei drin. Ich habe mein Zimmer nie verlassen."

„Jetzt werden wir alles darüber wissen", sagte der König; Die offensichtliche Ehrlichkeit seines Silberschmieds machte ihn noch nachdenklicher.

Er schickte sofort nach den Männern, die er zur Wache stationiert hatte, und fragte:

„Was hast du in der Nacht gesehen?"

„Oh, Herr!" sagte der Leutnant, „ein erstaunlicher Anblick! Dein Silberschmied kroch wie eine Katze an der Wand entlang; so leicht, dass er wie ein Schatten wirkte."

"ICH!" rief Cornelius aus; Nach diesem einen Wort schwieg er und stand stocksteif da wie ein Mann, der seine Gliedmaßen nicht mehr gebrauchen kann.

„Geht alle weg", sagte der König und wandte sich an die Bogenschützen, „und sagt den Herren Conyngham , Coyctier , Bridore und auch Tristan, sie sollen ihre Räume verlassen und hierher in meine kommen . – Ihr habt die Todesstrafe erlitten, ", sagte er zu Cornelius, der ihn glücklicherweise nicht hörte. „Sie haben zehn Morde auf Ihrem Gewissen!"

Daraufhin Ludwig XI. lachte leise und machte eine Pause. Als ihm plötzlich die seltsame Blässe im Gesicht des Flamen auffiel, fügte er hinzu:

„Sie brauchen nicht unruhig zu sein; Es ist wertvoller, dich auszubluten als zu töten. Sie können den Klauen *meiner Gerechtigkeit* entkommen , indem Sie einen ordentlichen Betrag an meine Schatzkammer zahlen, aber wenn Sie nicht mindestens eine Kapelle zu Ehren der Jungfrau bauen, wird es Ihnen wahrscheinlich bis in alle Ewigkeit heiß hergehen. ”

„Zwölfhundertdreißig und siebenundachtzigtausend Kronen, das sind dreizehnhundertsiebzehntausend Kronen", antwortete Cornelius mechanisch, vertieft in seine Berechnungen. „Dreizehnhundertsiebzehntausend Kronen sind irgendwo versteckt!"

„Er muss sie in irgendeinem Versteck begraben haben", murmelte der König und begann, die Summe für königlich großartig zu halten. „Das war der Magnet, der ihn immer wieder nach Tours zurückführte. Er spürte seinen Schatz."

In diesem Moment trat Coyctier ein. Als er die Haltung von Maitre Cornelius bemerkte, beobachtete er ihn aufmerksam, während der König das Abenteuer erzählte.

„Sire", antwortete der Arzt, „daran ist nichts Übernatürliches." Ihr Silberschmied hat die Fähigkeit, im Schlaf zu wandeln. Dies ist der dritte Fall dieser seltsamen Krankheit, den ich gesehen habe. Wenn Sie sich die Freude gönnen würden, ihn in solchen Momenten zu beobachten, würden Sie sehen, wie dieser alte Mann gefahrlos an den Rand des Daches tritt. In den beiden anderen Fällen, die ich bereits beobachtet habe, bemerkte ich einen merkwürdigen Zusammenhang zwischen den Handlungen dieses nächtlichen Daseins und den Interessen und Beschäftigungen ihres täglichen Lebens."

"Ah! Maitre Coyctier , Sie sind ein weiser Mann."

„Ich bin Ihr Arzt", antwortete der andere unverschämt.

Auf diese Antwort antwortete Ludwig XI. machte die für ihn übliche Geste, wenn ihm eine gute Idee in den Sinn kam; Mit einer hastigen Bewegung schob er seine Mütze hoch.

„In solchen Zeiten", fuhr Coyctier fort , „kümmern sich die Menschen im Schlaf um ihre Geschäfte." Da dieser Mann gern hortet, ist er einfach seiner liebsten Gewohnheit nachgegangen. Zweifellos ereignete sich jeder dieser Angriffe nach einem Tag, an dem er gewisse Ängste um die Sicherheit seines Schatzes verspürte."

„ Küchenschellen - Dieu! und was für ein Schatz!" rief der König.

"Wo ist es?" fragte Cornelius, der durch eine einzigartige Gabe der Natur die Bemerkungen des Königs und seines Arztes hörte, während er nachdenklich und unter dem Schock dieses einzigartigen Unglücks fast erstarrt blieb.

"Ha!" rief Coyctier und brach in ein teuflisches, raues Lachen aus, „Schlafwandler erinnern sich beim Aufwachen nie daran, was sie im Schlaf getan haben."

„Verlasst uns", sagte der König.

Als Ludwig XI. Als er allein mit seinem Silberschmied war, sah er ihn an und kicherte kalt.

„ Messire Hoogworst ", sagte er mit einem Nicken, „alle in Frankreich vergrabenen Schätze gehören dem König."

„Ja, Sire, alles gehört Ihnen; Du bist der absolute Herr unseres Lebens und unserer Geschicke. aber bis zu diesem Moment hast du nur das genommen, was du brauchst."

„Hör mir zu, alter Kumpel; Wenn ich Ihnen helfe, diesen Schatz wiederzugewinnen, können Sie sicher und ohne Angst zustimmen, ihn mit mir zu teilen."

„Nein, Sire , ich werde es nicht teilen; Bei meinem Tod werde ich dir alles geben. Aber welchen Plan haben Sie, es zu finden?"

„Ich werde selbst auf dich aufpassen, wenn du deinen nächtlichen Landstreichern nachgehst. Du könntest jeden außer mir fürchten ."

„Ah, Herr!" rief Kornelius und warf sich dem König zu Füßen, „Du bist der einzige Mann im Königreich, dem ich einen solchen Dienst anvertrauen würde; und ich werde versuchen, meine Dankbarkeit für Ihre Güte zu beweisen, indem ich mein Möglichstes tue, um die Heirat der burgundischen Erbin mit Monseigneur zu fördern. Sie wird dir einen edlen Schatz bringen, nicht an Geld, sondern an Ländereien, der den Ruhm deiner Krone abrunden wird."

„So, so, Holländer, du versuchst mich zu täuschen", sagte der König mit gerunzelter Stirn, „sonst hast du es bereits getan."

"Vater! Kannst du an meiner Hingabe zweifeln? Du, der einzige Mann, den ich liebe!"

„Das ist alles nur Gerede", erwiderte der König und sah dem anderen in die Augen. „Sie hätten nicht bis zu diesem Moment warten müssen, um mir diesen Dienst zu erweisen. Du verkaufst mir deinen Einfluss – Pasques - Dieu! für mich, Ludwig XI.! Bist du der Herr und ich dein Diener?"

„Ah, Sire", sagte der alte Mann, „ich habe darauf gewartet, Sie angenehm mit der Nachricht von den Vorkehrungen zu überraschen, die ich in Gent für Sie getroffen hatte; Ich wartete auf die Bestätigung von Oosterlinck durch diesen Lehrling. Was ist aus diesem jungen Mann geworden?"

"Genug!" sagte der König; „Das ist nur ein weiterer Fehler, den Sie begangen haben. Ich mag es nicht, wenn sich jemand ohne mein Wissen in meine Angelegenheiten einmischt. Genug! verlasse mich; Ich möchte über all das nachdenken."

Maitre Cornelius fand die Gewandtheit eines jungen Mannes, die Treppe hinunter in die unteren Räume zu rennen, wo er mit Sicherheit seine Schwester finden würde.

"Ah! Jeanne, meine liebste Seele, in diesem Haus ist ein Schatz verborgen; Ich habe irgendwo dreizehnhunderttausend Kronen und alle Juwelen aufbewahrt. Ich, ich, ich bin der Räuber!"

Jeanne Hoogworst erhob sich von ihrem Hocker und stand aufrecht da, als wäre der Sitz, den sie verließ, aus glühendem Eisen. Dieser Schock war für eine alte Jungfer, die seit Jahren daran gewöhnt war, sich durch freiwilliges Fasten zu reduzieren, so heftig, dass sie in allen Gliedern zitterte und schreckliche Schmerzen im Rücken hatte. Sie wurde nach und nach blass, und ihr Gesicht, dessen Veränderungen in den Falten schwer zu erkennen waren, verzerrte sich, während ihr Bruder ihr die Krankheit erklärte, deren Opfer er war, und die außergewöhnliche Situation, in der er sich befand .

„Ludwig XI. und ich", sagte er abschließend, „haben einander einfach belogen wie zwei Kokosnussverkäufer. Du verstehst, mein Mädchen, wenn er mir folgt, wird er das Geheimnis des Verstecks erfahren. Der König allein kann meine nächtlichen Wanderungen beobachten. Ich bin mir nicht sicher, ob sein Gewissen, so nahe er dem Tode ist, dreizehnhunderttausend Kronen widerstehen kann. Wir MÜSSEN vorher bei ihm sein; Wir müssen den verborgenen Schatz finden und ihn nach Gent schicken, und Sie allein –"

Cornelius hielt plötzlich inne und schien das Herz des Herrschers abzuwägen, der im Alter von zweiundzwanzig Jahren an Vatermord gedacht hatte. Als sein Urteil über Ludwig XI. Als er zu Ende war, erhob er sich abrupt wie ein Mann, der es eilig hat, einer drohenden Gefahr zu entkommen. In diesem Augenblick fiel seine Schwester, zu schwach oder zu stark für eine solche Krise, zusammen; Sie war tot. Maitre Cornelius packte sie, schüttelte sie heftig und rief:

„Du kannst jetzt nicht sterben. Später ist noch genug Zeit – Oh! Alles ist vorbei. Die alte Hexe konnte nie etwas zur richtigen Zeit tun."

Er schloss ihre Augen und legte sie auf den Boden. Dann kehrten die guten und edlen Gefühle zurück, die im Grunde seiner Seele lagen, und er vergaß seinen verborgenen Schatz halb und schrie traurig:

"Oh! Mein armer Kamerad, habe ich dich verloren? Du, der mich so gut verstanden hat! Oh! Du warst mein wahrer Schatz. Da liegt er, mein Schatz! Mit dir sind mein Seelenfrieden, meine Zuneigung, alles verloren. Wenn du nur gewusst hättest, wie gut es mir getan hätte, zwei Nächte länger zu leben, hättest du nur gelebt, um mir zu gefallen, meiner armen Schwester! Ach, Jeanne! dreizehnhunderttausend Kronen! Wird dich das nicht wecken ? – Nein, sie ist tot!"

Daraufhin setzte er sich und sagte nichts mehr; aber zwei große Tränen traten aus seinen Augen und rollten über seine hohlen Wangen; Dann schloss er mit seltsamen Trauerausrufen das Zimmer ab und kehrte zum König zurück. Ludwig XI. war beeindruckt vom Ausdruck der Trauer auf den feuchten Gesichtszügen seines alten Freundes.

"Was ist los?" er hat gefragt.

"Ah! Sire, Unglück kommt nie einzeln. Meine Schwester ist tot. Sie geht mir dort unten voraus", sagte er und zeigte mit einer schrecklichen Geste auf den Boden.

"Genug!" rief Ludwig XI., der nicht gern vom Tod hörte.

„Ich mache dich zu meinem Erben. Mir ist jetzt alles egal. Hier sind meine Schlüssel. Hängen Sie mich auf, wenn Ihnen das gefällt. Nimm alles, durchwühle das Haus; es ist voller Gold. Ich übergebe dir alles –"

„Komm, komm, Kumpel", antwortete Ludwig XI., der vom Anblick dieses seltsamen Leidens teilweise berührt war, „eines schönen Abends werden wir deinen Schatz finden, und der Anblick solcher Reichtümer wird dir Mut zum Leben machen." Ich werde im Laufe dieser Woche wiederkommen –"

„Wie es Ihnen gefällt, Sire."

Bei dieser Antwort drehte sich der König, der ein paar Schritte zur Tür des Gemachs gemacht hatte, abrupt um. Die beiden Männer sahen einander mit einem Ausdruck an, den weder Feder noch Bleistift wiedergeben können.

„Adieu, mein Kumpel", sagte Ludwig XI. schließlich mit knapper Stimme, seine Mütze hochschiebend .

„Mögen Gott und die Jungfrau Sie in ihrer Gnade bewahren!" antwortete der Silberschmied demütig und führte den König zur Tür des Hauses.

Nach so langer Freundschaft stellten die beiden Männer fest, dass zwischen ihnen Misstrauen und Gold eine Barriere errichtet hatten. obwohl sie in den beiden Punkten Gold und Misstrauen immer wie ein Mann gewesen waren. Aber sie kannten einander so gut, sie hatten, so könnte man sagen, so viel Gewöhnung aneinander, dass der König aus dem Ton, in dem Cornelius die Worte „Wie es Ihnen gefällt, Sire" aussprach, die Abscheu erraten konnte, die darin bestand Seine Besuche führten fortan zum Silberschmied, gerade als dieser im „Adieu, mein Kumpel" des Königs eine Kriegserklärung erkannte.

So Ludwig XI. und sein Torconnier hatte große Zweifel darüber, wie sie sich in Zukunft zueinander verhalten sollten. Der Monarch besaß das Geheimnis des Flamen; aber andererseits konnte dieser durch seine Verbindungen einen der schönsten Erwerbungen bewerkstelligen, die jemals ein König von Frankreich gemacht hatte; nämlich die der Domänen des Hauses Burgund, die die Herrscher Europas damals begehrten. Die Hochzeit der berühmten Margarete hing von den Genter Menschen und den Flamen ab, die sie umgaben. Das Gold und der Einfluss von Cornelius könnten die nun begonnenen Verhandlungen von Desquerdes , dem General, dem Ludwig XI. hatte den Befehl über die Armee gegeben, die an den Grenzen Belgiens lagerte. Diese beiden Meisterfüchse waren daher wie zwei Duellanten , deren Arme durch Zufall gelähmt sind.

Sei es nun, dass sich der Gesundheitszustand des Königs von diesem Tag an verschlechterte und sich immer weiter verschlechterte, oder dass Cornelius dabei half, Margarete von Burgund nach Frankreich zu holen – die im Juli 1438 in Ambroise ankam, um den Dauphin zu heiraten , mit dem sie verheiratet war in der Burgkapelle verlobt – es ist sicher, dass der König in Bezug auf den verborgenen Schatz keine Schritte unternommen hat; er verlangte von seinem Silberschmied keinen Tribut, und das Paar blieb in der vorsichtigen Lage einer bewaffneten Freundschaft. Zum Glück für Cornelius verbreitete sich über Tours das Gerücht, dass seine Schwester die eigentliche Räuberin sei und dass sie von Tristan heimlich getötet worden sei. Andernfalls, wenn die wahre Geschichte bekannt gewesen wäre, hätte sich die ganze Stadt wie ein Mann erhoben und das Malemaison zerstört , bevor der König Maßnahmen zu seinem Schutz hätte ergreifen können.

Aber obwohl diese historischen Vermutungen eine gewisse Grundlage haben, soweit sie auf die Untätigkeit Ludwigs XI. betrifft, ist dies bei Cornelius Hoogworst nicht der Fall . Da gab es keine Untätigkeit. Die ersten Tage nach dieser verhängnisvollen Nacht verbrachte der Silberschmied in unaufhörlicher Beschäftigung. Wie fleischfressende Tiere, die in Käfigen eingesperrt waren, ging er und kam und roch in jeder Ecke seines Hauses nach Gold. Er studierte die Risse und Spalten, er erkundete die Wände, er flehte die Bäume des Gartens, die Fundamente des Hauses, die Dächer der Türme, die Erde und die Himmel an, ihm seinen Schatz zurückzugeben. Oft stand er stundenlang regungslos da, blickte nach allen Seiten und tauchte sie ins Leere. Er strebte nach den Wundern der Ekstase und den Kräften der Zauberei und versuchte, seinen Reichtum durch Raum und Hindernisse hindurch zu erkennen. Ständig war er in einen überwältigenden Gedanken vertieft, von einem einzigen Verlangen verzehrt, das ihm in den Eingeweiden brannte, und noch grausamer zernagt von der immer größer werdenden Qual des Duells, das er mit sich selbst führte, seit sich seine Leidenschaft für Gold in seine eigene Verletzung verwandelt hatte: eine Art unvollendeter Selbstmord, der ihn gleichzeitig im Elend des Lebens und im Elend des Todes hielt.

Niemals wurde ein Laster mehr durch sich selbst bestraft. Ein Geizhals, der versehentlich in den unterirdischen Tresorraum eingesperrt wird, in dem sich seine Schätze befinden, hat wie Sardanapalus das Glück, inmitten seines Reichtums zu sterben. Aber Kornelius, der Räuber und Beraubte, der weder das Geheimnis des einen noch des anderen kannte, besaß seinen Schatz und besaß ihn nicht – eine neuartige, phantastische, aber immer wieder schreckliche Folter. Manchmal ließ er, wenn er vergesslich wurde, die kleinen Gitter seiner Tür weit offen, und dann konnten die Passanten auf der Straße den bereits schrumpeligen Mann sehen, der mitten in seinem unbebauten Garten auf zwei Beinen stand, absolut regungslos und weiterwerfend diejenigen, die ihn beobachteten, blickten starr, und das unerträgliche Licht ließ sie vor Schrecken erstarren. Wenn er zufällig durch die Straßen von Tours ging, schien er darin ein Fremder zu sein; Er wusste nicht, wo er war, noch wusste er, ob die Sonne oder der Mond schien. Oft fragte er diejenigen, die an ihm vorbeikamen, nach dem Weg, weil er glaubte, er sei noch in Gent und auf der Suche nach etwas Verlorenem.

Die beständigste und am besten verwirklichte menschliche Idee, die Idee, durch die der Mensch sich selbst reproduziert, indem er außerhalb seiner selbst das fiktive Wesen namens Eigentum, diesen geistigen Dämon, erschafft, rammte ihm ständig seine Stahlklauen ins Herz. Dann, inmitten dieser Folter, entstand Angst mit all den damit verbundenen Gefühlen. Zwei Männer hatten sein Geheimnis, das Geheimnis, das er selbst nicht kannte. Ludwig XI. oder Coyctier könnte Männer schicken, die ihn im Schlaf beobachten und den unbekannten Abgrund entdecken, in den er seine Reichtümer geworfen hat – diese Reichtümer, die er mit dem Blut so vieler unschuldiger Männer bewässert hat. Und dann kam neben seiner Angst auch Reue auf.

Um zu Lebzeiten die Entführung seines verborgenen Schatzes zu verhindern, traf er die grausamsten Vorsichtsmaßnahmen gegen den Schlaf; Darüber hinaus erschwerten ihm seine Handelsbeziehungen den Zugang zu wirksamen Anti-Drogen-Medikamenten. Seine Kämpfe, wach zu bleiben, waren schrecklich – allein mit der Nacht, der Stille, der Reue und der Angst, mit all den Gedanken, die der Mensch, vielleicht instinktiv, am besten verkörpert hat – und so einer moralischen Wahrheit gehorsam, die noch keinen tatsächlichen Beweis hat.

Schließlich erlag dieser so mächtige Mann, dieses vom politischen und kommerziellen Leben so verhärtete Herz, dieses in der Geschichte verborgene Genie den Schrecken der Folter, die er selbst verursacht hatte. Wahnsinnig geworden durch bestimmte Gedanken, die noch quälender waren als diejenigen, denen er bisher widerstanden hatte, schnitt er sich mit einem Rasiermesser die Kehle durch.

Dieser Tod fiel fast mit dem von Ludwig XI. zusammen. Nichts konnte die Bevölkerung zurückhalten, und Malemaison , das Haus des Bösen, wurde geplündert. Unter den älteren Einwohnern der Touraine gibt es eine Überlieferung, dass ein Bauunternehmer namens Bohier den Schatz des Geizhalses fand und ihn beim Bau von Chenonceaux verwendete , diesem wunderbaren Schloss, das trotz des Reichtums mehrerer Könige und des Geschmacks von Diane de Poitiers und Katharina von Medici für den Bau, ist bis heute unvollendet.

Zum Glück für Marie de Sassenage starb der Comte de Saint- Vallier , wie wir wissen, in seiner Botschaft. Die Familie ist nicht ausgestorben. Nach dem Weggang des Grafen gebar die Gräfin einen Sohn, dessen Karriere in der Geschichte Frankreichs unter der Herrschaft von Francois I. berühmt war. Er wurde von seiner Tochter, der berühmten Diane de Poitiers, der unehelichen Urenkelin von, gerettet Ludwig XI., der die uneheliche Ehefrau und geliebte Geliebte Heinrichs II. wurde – denn Bastardie und Liebe waren in dieser Adelsfamilie erblich.